미스터 방

미스터 방
한국 근대 단편 소설 텍스트힙

초판 3쇄 발행 2025년 10월 15일

지은이 · 채만식

펴낸곳 · 칼로스 | 출판등록 · 2020년 12월 8일 (제2020-000022호)
이메일 · uranos711@naver.com

- 무단 전재와 무단 복제를 금합니다.
- 책값은 뒤표지에 있습니다.
- 파본은 구입하신 서점에서 교환해드립니다.

ISBN 979-11-987612-4-8(03810)

kalos

목차

미스터 방   6

소망   36

논 이야기   70

쑥국새   118

민족의 죄인   144

미
스
터
□
방

주인과 나그네가 한가지로 술이 거나하니 취하였다. 주인은 미스터 방方, 나그네는 주인의 고향사람 백白주사,

주인 미스터 방은 술이 거나하여감을 따라, 그러지 않아도 이즈음 의기 자못 양양한 참인데 거기다 술까지 들어간 판이고 보니, 가뜩이나 기운이 불끈불끈 솟고 하늘이 바로 돈짝만 한 것 같은 모양이었다.

"내 참, 머, 흰말이 아니라 참, 거칠 것 없어, 거칠 것. 흥, 어느 눔이아, 어느 눔이 날 뭐라구 하며, 날 괄시힐 눔이 어딨어, 지끔 이 천지에. 흥

참, 어림없지, 어림없어."

누가 옆에서 저를 무어라고를 하며, 괄시를 한단 말인지, 공연히 연방 그 툭 나온 눈방울을 부리부리 왼편으로 30도는 넉넉 삐뚤어진 코를 벌씸벌씸해가면서 그래쌓는 것이었다.

"내 참, 이래 봬두, 응, 동양 삼국 물 다 먹어 본 방삼복이우. 청얼 뭇 허나, 일얼 뭇 허나, 영어야 뭐 말할 것두 없구……."

하다가, 생각난 듯이 맥주 컵을 들어 벌컥벌컥 단숨에 다 마신다. 그러고는 시꺼먼 손등으로 입술을 쓱, 손가락으로 김치쪽을 늘름 한 집, 그러던 버릇이, 미스터 방이요, 신사요, 방선생으로도 불리어지는 시방 도무심중 절로 나와, 손등으로 입술의 맥주 거품을 쓱 씻고 손가락으로 라조기 한 점을 집어다 으득으득 씹는다.

"술은 참, 맥주가 술입넨다……."

어느 놈이 만일 무어라고 시비를 하거나 괄시를 한다면 당장 그 라조기를 씹듯이 으득으득

잡아 씹기라도 할 듯이 괄괄하던 결기가, 그러다 별안간 어디로 가고서 이번엔 맥주 추앙이 나오던 것이다.

"술두 미국 사람네가 문명했죠. 죠선사람은 안직두 멀었어."

"멀구말구. 아직두 멀었지."

쥐 상호의 대추씨만 한 얼굴에 앙상한 노랑 수염 백주사가, 병을 들어 주인의 빈 컵에다 따르면서, 그렇게 맞장구를 쳐 보비위를 한다.

"아, 백상두 좀 드슈."

"난 과해."

"괜히 그리서, 백상 주량을 다아 아는데, 만난 진 오랬어두."

"다아 젊었을 적 말이지. 지금은……."

"올에 참 몇이시지?"

"갑술생 마흔여덟 아닌가!"

"그럼 나보담 열한 살 위시군. 그래두 백상은 안 늙으신 심야. 허허허허."

"안 늙는 게 다 무언가. 머리 선 걸 보게!"

"건 조백이시지."

백주사는 흔연히 수작을 하면서 내색은 아니하나, 어심엔 미스터 방이 괘씸하기 짝이 없었다.

향리의 예법으로, 10년장이면 절하고 뵈어야 한다. 무릎 꿇고 앉아야 하고, 말은 깍듯이 공대를 해야 한다. 그 앞에서 주초가 당치 않고, 막부득이한 경우면 모로 앉아 잔을 마셔야 한다. 그런 것을, 마치 제 연갑 친구나 타관 나그네에게나 하는 것처럼, 백상이니, 술 드슈, 조백이시지 하고 말버릇이 고약해, 발 게키고 앉아서 정면하고 술을 먹어, 담배 뻐끔뻐끔 피워, 이런 괘씸할 도리가 없었다.

또 나이도 나이려니와, 문벌이나 지체를 가지고 논한다면, 이건 도저히 용서할 수 없는 일이었다.

이래 보여도 나는 삼대조가 진사를 하였고 (그 첩지가 시방도 버젓이 있다.) 오대조가 호조판서를 지냈고(족보에 그렇게 분명히 올라 있다.) 칠대조가 영의정을 지냈고(역시 족보에 그렇게 분명히 올라 있다.) 이런 명문거족의 집안이었다. 또 내 12촌이 ××군수요, 그 12촌의 아들이 만주국 ××현 ××촌 촌장이요 하였다. 또 그리고, 시방은 원수의 독립인지 막덕인지 때문에 다 그렇게 되었다지만, 아무튼 두 달 전까지도 어느 놈 그 앞에서 기침 한번 크게 못 하던 백부장 훈팔 등에, ××경찰서 경제계 주임이던 백부장의 어르신네 이 백주사가 아닌가. 두 달 전 그때만 같았어도

"이놈!"

하고 호통을 하여 당장 물고를 내련만, 그 좋은 세상이 어디로 가고, 이 지경이란 말인지 몰랐다.

하여튼 그만치나 혼란스런 백주사에다 대면 미스터 방은 근지야 아주 보잘것이 없었다.

미스터 방의 증조가 타관에서 떠들어온 명색 없는 사람이었다. 그 조부가 고을의 아전을

다녔다. 그 아비가 짚신장수였다. 70에, 고로롱 고로롱 아직도 살아 있지만, 시방도 짚신 곱게 삼기로 고을에서 첫째가는 방첨지가 바로 그였다. 그리고 이 방삼복이는⋯⋯.

먹고 자고 꿍꿍 일하고, 자식새끼 만들고 할 줄밖에는 모르는 상일꾼農夫이었다. 그러나마 30을 바라보도록 남의 집 머슴살이로, 이 집 저 집 살고 다니던 코삐뚤이 삼복이었다. 물론 낫 놓고 기역자도 못 그리는 판무식이었다.

상일꾼일 바엔 남의 세토 마지기라도 얻어제 농사를 짓는 것이 이니라, 30을 바라보도록 남의 집 머슴살이만 하고 다니던 코삐뚤이 삼복이가 하루아침 무슨 생각이 났던지, 돈벌이를 간답시고, 조석이 간데없는 부모에게 처자식 떠맡기고는 훌쩍 일본으로 떠나버렸다. 그것이 열두해 전.

떠난 지 7, 8년을 별반 신통한 벌이도 못 하는지, 돈 한 푼 보내는 싹도 없더니, 하루는 느닷

없이 중국 상해에 와 있노라 기별이 전해져왔다. 그러고는 감감 소식이 없다가 3년 만에 퍼뜩 고향엘 돌아왔다. 10여 년을, 저의 말마따나 동양 3국 물 골고루 먹고 다녔으면서, 별로이 때가 벗은 것도 없어 보이고, 행색은 해어진 양복 누더기에 볼 꿰어진 구두짝을 꿰고 들어서는 모양이, 군데군데 깁질은 하였으나 빨아 다린 무명 고의적삼을 입고 고향을 떠날 적보다 차라리 초라한 것 같았다.

늙은 어미 아비와 젊은 가속이 뼈품으로 버는 것을 얻어먹으며 굶으며 하면서 한 일년 빈둥거리고 놀더니, 적이 회심이 들었는지, 이번엔 처자식 데리고 서울로 올라왔다.

서울로 올라와서는 현저동 비탈의 다 찌부러진 행랑방을 얻어 살면서, 처음 일년은 용산 있는 연합군 포로수용소엘 다니며 입에 풀칠을 하였고—이 동안 그는 상해에서 귀로 익힌 토막 영어가 조금 더 진보되었고.

다시 일년이나는, 그것 역시 상해에서 익힌 것을 밑천 삼아, 구두 직공으로 구둣방엘 다니며 그럭저럭 살았고, 그러다 일본이 싸움에 지느라고 구두를 너무 해트려 가죽이 동이 나서 구둣방이 너나없이 문을 닫는 바람에, 할 수 없이 이번엔 궤짝 한 개 걸머지고 신기료장수로 나서고 말았다.

골목골목 돌아다니며 혹은 종로 복판의 한길에 가 앉아 신기료장수를 하자니, 자연 서울 온 고향 사람의 눈에 종종 뜨일밖에. 소식이 고향에 퍼지자, 누구 한 사람 칭찬은 없고 저나나 빈정거리는 소리뿐이었다.

"일본으로, 청국으로, 십여 년 타국 바람 쏘이고 온 놈이 겨우 고거야?"

"부전자전이로구면. 아범은 짚신장수, 자식은 구두 깁는 장수."

"아마 신발 명당에다 무덤을 썼든감."

이렇듯 근지는 미천하고 속에 든 것 없고, 가

랑이가 찢어지게 가난하고, 생화라는 것이 고작 거리에 앉아 오는 사람 가는 사람 해어지고 고린내 나는 구두짝 꿰매어주고 징 박아주고 닦아주고 하는 천업이고 하던, 그 코삐뚤이 삼복이었다.

'흥, 개구리가 올챙이 적을 못 생각한다더니. 발칙한 놈. 고얀 놈.'

백주사는 생각하자니 속으로 이렇게 분개스럽지 않을 수가 없었다.

그러나 일변으로는, 그러던 코삐뚤이 삼복이가 그야말로 선영이 명당엘 들었단 말인지, 무슨 조화를 지녔단 말인지, 불과 몇 달지간에 이렇게 훌륭히 되고, 부자가 되고, 미씨다 방인지 구리다 방인지가 되고 하여가지고는 갖은 호강 다하며 천하에 무서울 것이 없고, 기강이 나서 막이러니, 한편 생각하면 신기하기도 하고 부럽기도 하고 또한 안타깝기도 하였다.

'사람의 운수란, 참 모를 일이야.'

백주사는 속으로 절절히 이렇게 탄복도 아

니치 못하였다.

    코삐뚤이 삼복의 이 눈부신 발신은, 그러나 백주사가 희한히 여기는 것처럼 무슨 명당 바람이 났다거나 조화를 지녔다거나 그런 신기한 곡절이 있는 바가 아니요, 지극히 간단하고도 수월한 것이었다. 다못 몸에 지닌 재주 가운데 총기가 좀 좋아서 일찍이 영어 마디나 익힌 것을 잊어버리지 아니하였다는 일종의 특수 조건이 없던 바는 아니지만.

◆

    1945년 8월 15일, 역사적인 날.

    이날도 신기료장수 방삼복은 종로의 공원 건너편 응달에 앉아서 구두징을 박으면서 해방의 날을 맞이하였다. 그러나 삼복은 감격한 줄도 기쁜 줄도 모르겠었다. 지나가는 행인이 서로 모르던 사람끼리면서 덥석 서로 껴안고 기뻐하고 눈물을 흘리고 하는 것이 삼복은 속을 모르겠고 라리 쑥스러 보일 따름이었다. 몰려 닫는 군중이 오히려 성가시고, 만세 소리가 귀가 아파 이맛살이 찌푸려질 지경이었다.

몰켜다니고 만세를 부르고 하기에 미쳐 날뛰느라고 정신이 없어, 손님이 없어, 손님이 부쩍 줄었다.

"우랄질! 독립이 배부른가?"

이렇게 그는 두런거리면서 반감이 솟았다.

2, 3일 지나면서부터야 삼복에게도 삼복에게다운 해방의 혜택이 나누어졌다.

10전이나 15전에 박아주던 징을, 50전을 받아도 눈을 부라리는 순사를 볼 수가 없었다. 순사가 없어졌다면야 활개를 쳐가면서 무슨 짓을 하여도 상관이 없고 무서울 것이 없던 것이었다.

"옳아. 그렇다면 독립도 할 만한 건가 보다."

삼복은 징 10개를 박아주고 5원을 받아 넣으면서 이렇게 속으로 중얼거리기까지 하였다.

그러나 며칠이 못 가서 삼복은 다시금 해방

을 저주하여야 하였다. 삼복이 저 혼자만 돈을 더 받으며, 더 받아 상관이 없는 것이 아니라, 첫째도가들이 제 맘대로 재료 값을 올리던 것이었다. 징, 가죽, 고무, 실 모두가 5곱 10곱 비싸졌다. 그러니 신기료장수는 손님한테 아무리 비싸게 받는댓자 재료를 비싼 값으로 사야 하니, 결국 도가만 살찌울 뿐이지 소득은 전과 크게 다를 것이 없었다.

"이런 옘병헐! 그놈에 경제겐 다 어디루 가 뒈졌어. 독립은 우라진다구 독립을 헌담."

석양 때 신기료 궤짝 어깨에 멘 채 홧심에 막걸리청으로 들어가, 서너사발 들이켜고는 그는 이렇게 게걸거렸다.

그럭저럭 9월도 열흘이 되고, 서울 거리에는 미국 병정이 꼬마 차와 함께 그득히 퍼졌다.

그 미국 병정들이 거리를 구경하면서 혹은 물건을 사려면서 말이 서로 통하지를 못하여 답답해하는 양을 보고 삼복은 무릎을 탁 쳤다.

그러나 슬플진저, 땟국과 땀에 찌든 이 누더기를 걸치고는 가망이 없을 말이었다.

'무슨 도리가 없을까?'

반일을 궁리를 하다가, 정오 때에야 한줄기 서광을 얻었다.

총총히 집으로 돌아가, 마누라를 시켜 구두 고치는 연장 일습과 재료 남은 것에다 이불이며 헌 옷가지해서 한짐을 동네 아는 가게에다 맡기고는 한 달 기한으로 돈 백 원을 서푼 변으로 취해 오게 하였다.

그 돈 백 원을 가지고 삼복은 흔한 넝마전으로 가서, 백 원 돈이 꼭 차는 한도까지에 양복이란 명색 한 벌과 모자를 샀다. 신발은 부득이 안방 사람의 병정구두 사 신은 것을 이다음 창갈이를 거저 해주겠다는 조건으로 닷새만 제 것과 바꾸어 신기로 하였다.

이튿날 아침 느지감치, 새로 장만한 헌 양복 헌 모자에 헌 구두로써 궤짝 멘 신기료장수보다는 제법 말쑥하여진 차림을 차리고 막 나서려는데, 간밤부터 통통 부어가지고는 시중도 말대꾸도 잘 아니하던 애꾸쟁이 마누라가 와락 양복 뒷자락을 움켜쥐고 늘어진다.

"바른 대루 대요."

"이게 별안간 미쳤나?"

"요 막난아, 반해가지군 이럭 허구 찾아가는 고년이 어떤 년야? 응?"

"속을 모르거든 밥값을 내지 말랬어, 요 맹추야."

"날 죽이ㄱ 가지, 거진 못 가."

"이년아, 너 이랬단, 내 인제 둔 벌문, 증말 첩 얻는다."

"오냐 잘한다. 날 죽여라, 날……."

"아, 이 우라 주리땔 앵길 년이……."

한주먹 보기 좋게 갈겨 넘어뜨리고는, 찌부러진 오두막집을 나서 종로로 향을 잡았다.

노예도 노예 이전이면 상전을 선택할 자유를

가지는 수도 있다고.

삼복은 종로서 전차를 내려 동쪽으로 천천히 걸으면서 물색을 하였다. 생김새가 맘씨 좋아 보이고, 여느 병정이 아니라 장교쯤 가는 이라야 할 것이었다.

청년회관 앞에서 담뱃대를 사고 있는 하나가, 몸집이 부대하고 여느 병정은 아닌 듯하고, 얼굴이 자못 선량하여 보이는 게 선뜻 마음에 들었다. 구경하는 체하고 넌지시 그 옆으로 가섰다.

미국 장교는 담뱃대를 집어 들고 기물스러워 하면서 연방 들여다보다가 값이 얼마냐고

"하우 머취? 하우 머취?"

하고 묻는다.

담뱃대장수 영감은, 30원이라고 소래기만 지른다.

알아들을 턱이 없어, 고개를 깨웃거리면서 다시금 하우 머취만 찾는 것을, 기회 좋을시라

고, 삼복이가 나직이

　"더 티 원."

하여 주었다.

　홱 돌려다보더니,

　"오, 캔 유 시피크?"

하면서, 사뭇 그러안을 듯이 반가워하는 양이라니, 아스러지도록 손을 잡고 흔드는 데는 질색할 뻔하였다.

　직업이 있느냐고 물었다. 방금 실직하였노라고 대답하였다.

　그럼, 내 통역이 되어 주겠느냐고 물았다. 그러겠노라고 대답하였다.

　이 자리에서 신기료장수 코삐뚤이 삼복은 미스터 방으로 승차를 하여, S라는 미국 주둔군 소위의 통역이 되었다. 주급 15불(210원) 가량의.

　거진 매일같이 미스터 방은 S소위를, 낮에는 거리의 구경으로, 밤이면 계집 있는 술집으로 인도하였다.

한 번은 탑골공원의 사리탑을 구경하면서, 얼마나 오랜 것이냐고 S소위가 물었다. 미스터 방은 언젠가, 수천년 된 것이란 말을 들었기 때문에, 투 따우샌드 이얼스라고 대답하였다.

또 한 번은, 경회루를 구경하면서 무엇 하던 건물이냐고 물었다. 미스터 방은 서슴지 않고

"킹 듀링크 와인 앤드 딴쓰 앤드 씽, 위드 땐써."

라고 대답하였다. 임금이 기생 데리고 술 마시고, 춤추고 노래 부르고 하던 집이란 뜻이었다.

내가 보기엔, 조선여자의 옷이 퍽 아름답고 점잖스럽던데, 어째서 양장들을 하는지 모르겠다고 S소위가 물었다. 미스터 방은 여자들이 서양 사람한테로 시집을 가고파서 그런다고 대답하였다.

서울역을 비롯하여 거리에 분뇨가 범람한 것을 보고, 혹시 조선 가옥에는 변소가 없느냐고 S소위가 물었다. 미스터 방은, 있기야 집집마다

다 있느니라고 대답하였다.

썩 좋은 조선 그림을 한 장 사고 싶다고 하여서, 문지방 위에다 흔히들 붙이는 사슴이 불로초를 물고, 신선이 앉았고 한 것을 5원에 한 장 사주었다.

제일 재미있고 유명한 소설이 무엇이냐고 물어서 《추월색》이라고 대답하였다. 그럼 그것을 한 권 사고 싶다고 하여서, 여러 날 사러 다니다 못해, 동네 노마네 집의 것을 2원에 사주었다. 이밖에도 미스터 방은 S소위에게 조선을 소개한 공로가 여러 가시로 많으나 대상은 그러하였다.

그 공로에 정비례해서, 미스터 방은 나날이 훌륭하여져갔다. 8·15 이전에 어떤 은행의 중역의 사택이라던 지금의 이 집으로, 현저동 그 집에서 옮아오기는 S소위의 통역이 되는 사흘 후였다. 위아래층을 다 양식 절반 일본식 절반으로 꾸민 호화스런 저택이었다. 정원엔 때마침 단풍과 가을 화초가 아름다웠고, 연못에서 잉어가 뛰놀고 하였다.

　시방 주객이 앉아 술을 마시는 방은, 앞은 노대가 딸리고 햇볕 잘 들고 밝아서, 여러 방 가운데 제일 좋은 방이었다. 그러나 방 안에는 벽에 그림 한 장 붙어 있는 바 아니요, 방에 알맞은 가구 한 벌 놓여 있는바 아니요, 단지 방일 따름이어서, 싱겁게 넓기만 하였다. 그렇지만 미스터 방은 실내의 장식 같은 것쯤 그다지 관심할 줄을 아직은 몰랐다.

　처음엔 식모를 두었다. 그 다음엔 침모를 두었다. 그다음엔 손심부름할 계집아이를 두었다.

　하루에도 방선생을 찾는 이가 여러 패씩 있었다. 그들의 대개는 자동차를 타고 오고, 인력거짜리도 흔치 않았다. 그렇게 찾아오는 그들은 결단코 빈손으로 오는 법이 드물었다. 좋은 양과자 상자 밑바닥에는 으레껏 따로이 뿌듯한 봉투가 들었곤 하였다.

　미스터 방의, 신기료장수 코삐뚤이 삼복이로

부터의 발신 경로란 이렇듯 심히 간단하고 순조로운 것이었다.

◆

주인 미스터 방이 백주사의 컵에다 술을 따르려고 병을 집어 들다가

"오이, 기미꼬."

하고 아래층으로 대고 부른다.

"심부럼 갔어요."

애꾸쟁이 마누라의 꼬챙이 같은 대답.

"안주 어떻게 됐이?"

"글쎄, 안주 시키러 갔어요."

"증종 있지?"

"……"

층계 밟는 소리가 나더니, 퍼머넌트한 머리가 나오고, 좁디좁은 이마에 이어서 애꾸눈이 나오고, 분 바른 얼굴이 나오고, 원피스 입은 커다란 젖통의 가슴이 나오고, 마지막 비단양말

신은 두리기둥 같은 두 다리가 나오고 한다.

"서주사가 이거 두구 갑디다."

들고 올라온 각봉투 한 장을 남편에게 건네어준다.

"어디?"

그러면서 받아 봉을 뜯는다. 소절수 한 장이 나온다. 액면 만 원짜리다.

미스터 방은 성을 벌컥 내면서

"겨우 둔 만원야?"

하고 소절수를 다다미 바닥에다 홱 내던진다.

"내가 알우?"

"우랄질 자식, 어디 보자. 그래 전, 걸 십만 원에 불하 맡다다 백만 원 하난 냉겨먹을 테문서, 그래 겨우 둔 만 원야? 옘병헐 자식, 내가 엠피(MP)헌테 말 한마디문, 전 어느 지경 갈지 모를 줄 모르구서."

"정종으루 가저와요?"

"내 말 한마디에 죽을 눔이 살아나구, 살 눔

이 죽구 허는 줄을 모르구서. 흥, 이 자식 경 좀 쳐 봐라…… 증종 따근허게 데와. 날두 산산허구 허니."

새로이 안주가 오고, 따끈한 정종으로 술이 몇 잔 더 오락가락 하고 나서였다.

백주사는 마침내 진작부터 벼르던 이야기를 꺼내었다.

◆

백주사의 아들 백선봉은, 순사 임명장을 받아 쥐면서부터 시작하여 8·15 그 전날까지 7년 동안, 세 곳 주재소와 두 곳 경찰서를 전근하여 다니면서, 2백 석 추수의 토지와, 만 원짜리 저금통장과, 만 원어치가 넘는 옷이며 비단과, 역시 만 원어치가 넘는 여편네의 패물과를 장만하였다.

남들은 주린 창자를 졸라맬 때 그의 광에는 옥 같은 정백미가 몇 가마니씩 쌓였고, 반년 일년을 남들은 구경도 못 하는 고기와 생선이 끼니마다 상에 오르지 않는 날이 없었다.

××경찰서의 경제계 주임으로 있던 마지막 2년 동안은 더욱더 호화판이었다. 8·15 그날 밤, 군중이 그의 집을 습격하였을 때에 쏟아져 나온 물건이 쌀 말고도

광목 여섯 통

고무신 스물세 켤레

지까다비 여덟 켤레

빨랫비누 세 궤짝

양말 오십 타

정종 열세 병

설탕 한 부대

이렇게 있었더란다. 만 원어치 여편네의 패물과, 만 원어치의 옷감이며 비단과 만 원짜리 저금통장은 고만두고 말이었다.

물건 하나 없이 죄다 빼앗기고, 집과 세간은 조각도 못쓰게 산산 다 부서지고, 백선봉은 팔

이 부러지고, 첩은 머리가 절반이나 뽑히고, 겨우겨우 목숨만 살아 본집으로 도망해왔다.

일변 고을에서는 백주사가 자식이 그런 짓을 해서 산 토지를 가지고 동네 사람한테 거만히 굴고, 작인들한테 팔 할 가까운 도지를 받고, 고리대금을 하고 하였대서, 백선봉이 도망해와 눕는 그날 밤, 그의 본집인 백주사의 집을 습격하였다.

집과 세간 죄다 부수고, 백선봉이 보낸 통제 배급물자 숱한 것 죄다 빼앗기고, 가족들은 죽을 매를 맞고, 백선봉은 처가로, 백주사는 서울로 각기 피신하여 목숨만 우선 보전하였다.

백주사는 비싼 여관밥을 사먹으면서, 울적히 거리를 오락가락, 어떻게 하면 이 분풀이를 할까, 어떻게 하면 빼앗긴 돈과 물건을 도로 다 찾을까 하고 궁리를 하던 것이나, 아무런 묘책도 없었다.

그러자 오늘은 우연히 이 미스터 방을 만났

다. 종로를 지향 없이 거니는데, 지나가던 자동차가 스르르 멈추면서, 서양사람과 같이 탔던 신사 양반 하나가 내려서더니, 어쩌다 눈이 마주치자

"아, 백주사 아니신가요?"

하고 반기는 것이었다.

자세히 보니, 무어 길바닥에서 신기료장수를 한다던 코삐뚤이 삼복이가 분명하였다.

"자네가 저, 저, 방, 방……."

"네, 삼복입니다."

"아, 건데, 자네가……."

"허, 살 때가 됐답니다."

그러고는 내 집으루 갑시다 하고 잡아끄는 대로 끌려온 것이었다.

의표며, 집이며, 식모에 침모에 계집 하인까지 부리면서 사는 것 하며, 신수가 훤히 트여 가지고, 말도 제법 의젓하여진 것 같은 것이며, 진소위 개천에서 용이 났다고 할 것인지.

옛날의 영화가 꿈이 되고, 일조에 몰락하여 가뜩이나 초상집 개처럼 초라한 자기가 또 한 번 어깨가 옴츠러듦을 느끼지 아니치 못하였다. 그런 데다 이 녀석이, 언제 적 저라고 무엄스럽게 굴어 심히 불쾌하였고, 그래서 엔간히 자리를 털고 일어설 생각이 몇 번이나 나지 아니한 것도 아니었다. 그러나 참았다.

보아하니 큰 세도를 부리는 것이 분명하였다. 잘만 하면 그 힘을 빌려 분풀이와 빼앗긴 재물을 도로 찾을 여망이 있을 듯싶었다. 분풀이를 하고, 더구나 재물을 도로 찾고 하는 것이라면야, 코삐뚤이 삼복이는 말고, 그보다 더한 놈한테라도 머리 숙이는 것쯤 상관할바 아니었다.

◆

"그러니, 여보게 미씨다 방……."

있는 말 없는 말 보태가며, 일장 경과 설명을 한 후에 백주사는 끝을 맺기를.

"어쨌든지 그놈들을 말이네. 그놈들을 한 놈 냉기지 말구섬 죄다 붙잡다가 말이네. 괴수놈들일랑 목을 썰어 죽이구, 다른 놈들일랑 뼈다구가 부러지두룩 두들겨주구. 꿇수앉히구 항복 받구. 그리구 빼앗긴 것 일일이 도루 다 찾구. 집 허구 세간 처부신 것 말끔 다 물리구…… 그렇게만 해준다면, 내, 내, 재산 절반 노니주문세, 절반. 응, 여보게 미씨다 방."

"염려 마슈."

미스터 방은 선뜻 쾌한 대답이었다.

"진정인가?"

"머, 지금 당장이래두, 내 입 한 번만 떨어진다 치면, 기관총 들면 엠피가 백 명이구 천 명이구 들끓어 내려가서 들이 쑥밭을 만들어놉니다. 쑥밭을."

"고마우이!"

백주사는 복수하여지는 광경을 선히 연상하면서, 미스터 방의 손목을 덥석 잡는다.

"백골난망이겠네."

"놈들을 깡그리 죽여놓을 테니, 보슈."

"자네라면야 어련하겠나."

"흰말이 아니라 참 이승만 박사두 내 말 한마디면, 고만 다 제바리유."

미스터 방은 그러고는 냉수 그릇을 집어 한 모금 물고 꿀쩍꿀쩍 양치를 한다. 웬 버릇인지, 하여간 그는 미스터 방이 된 뒤로, 술을 먹으면서 양치하는 버릇이 생겼다.

양치한 물을 처치하려고 휘휘 둘러보다, 일 이서서 노대로 성큼성큼 나긴다. 노대는 현관 징통 위였다.

미스터 방이 그 걸쭉한 양칫물을 노대 아래로 아낌없이 콱 뱉는 바로 그 순간이었다. 그 순간이 공교롭게도, 마침 그를 찾으러 온 S소위가 현관으로 일단 들어서려다 말고 (미스터 방이 노대로 나오는 기척이 들렸기 때문에) 뒤로 서너 걸음 도로 물러나

"헬로."

부르면서 웃는 얼굴을 쳐드는 순간과 그만 일치가 되었다.

"에구머니!"

놀라 질겁을 하였으나 이미 뱉어진 양칫물은 퀴퀴한 냄새와 더불어 백절폭포로 내리쏟아져 웃으면서 쳐드는 S소위의 얼굴 정통에 가 좌르르.

"유 데빌!"

이 기급할 자식이라고 S소위는 주먹질을 하면서 고함을 질렀고. 그 주먹이 쳐든 채 그대로 있다가, 일변 허둥지둥 버선발로 뛰쳐나와 손바닥을 싹싹 비비는 미스터 방의 턱을

"상놈의 자식!"

하면서 철컥 어퍼컷으로 한 대 갈겼더라고.

소망

(남아여든 모름지기 말복날 동복을 떨쳐 입고
서 종로 네거리 한복판에 가 버티고 서서 볼지
니……. 외상진 싸전 가게 앞을 활보해볼지니
…….)

아이, 저녁이구 뭣이구 하두 맘이 뒤숭숭해
서 밥 생각두 없구.

괜찮아요, 시방 더우 같은 건 약관걸.

응. 글쎄, 그애 아버지 말이우. 대체 어떡하면
좋아! 생각하면 고만.

냉면? 싫여, 나는 아직적 아무것두 먹구 싶잖

어. 그만두구서 뭣 과일집果實汁이나 시언하게 한 대접 타 주. 언니는 저녁 잡섰수? 이 집 저녁허구는 꽤 일렀구려.

아저씨는 왕진 나가셨나 보지? 인력거가 없구, 들어오면서 들여다보니깐 진찰실에도 안 기실 제는…….

옳아, 영락없어. 그 아저씨가 진찰실에두 왕진두 안 나가시구서, 언니허구 마주 안 붙어 앉었을 때가 있다가는 큰일나라구?

원 눈두 삐뚤어졌지. 우리 언니 저 아씨가 어디기 이쁜 디가 있다구 그래애! 시굴뚜기는 헐 수 없어. 아따 저 누구냐 '쏴알?' 읽은 지가 하두 오래돼서 다아 잊었네, 뭣이냐 '보바리 부인' 남편 말이야…….

허는 소리 좀 봐요. 늙어가는 동생더러 망할 년이 뭐야? 하하하.

내가 웃기는 웃는다마는, 남의 정신이지 내 정신은 하나두 아니야. 양복장 새로 마첬다더니, 벌써 들여왔구려. 아담스럽게 이쁘우.

제엔장! 나는 더러 와서 언니네가 모두 이렇게 재미나게 사는 걸 본다 치면, 새앰이 나구 속이 상해 죽겠어.

무엇? 양복장을 하나 사주겠다구? 언니두 참! 누가 그까짓 양복장 말이우?

그런 건 백날 없어두 좋아. 낡으나따나 한 개 있으면 그만이지 머. 가난해서 좀 고생허구 그리는 건 아무렇지 않어요.

글쎄 다 같은 한 아버지 딸에 한 어머니 태 속에서 생겨나가지굴랑, 꼭 같이 자라구, 꼭 같이 공부허구, 그랬으면서두 언니는 이렇게 안존하게 아무 근심 없이 사는데, 나는 해필 그이 때문에 육장 애가 밭구 맘이 불안하니, 그런 고루잖을 디가 어디며, 생각하면 화가 더럭더럭 난다니깐.

구식 여자들이 걸핏하면 팔자니 사주니 하는 게 아마 그런 소린가봐. 아닌게아니라, 미신이라두 좋으니, 오늘 같아서는 어디 무꾸리라두 가서 해보구 싶습디다.

그러나마 참 사람두 변변치 못했을새 말이지, 아, 유식하겠다. 기개 좋겠다. 무엇 굽힐 게 있수? 부모 유산 넉넉히 못 타구난 거야 어디 그이 탓이우? 돈이야 부자질 안할 바에 기를 쓰구 모아서는 무얼 해.

애개개!

그이는 이 집 아저씨더러 하등동물이란다우. 병자 고름 긁어서 돈이나 모을 줄 알지. 세상이 곤두서건 인간이 되지가 되건 감각두 못 허구, 거저 맛있는 음식에 좋은 옷, 편안헌 집에서 호박 같은 마나님이나 이뻐허구, 그런 것밖에는 아무것두 모른다구, 하하하. 언니두 그런 줄은 아는구려?

참, 결혼을 하면 남편 성질을 닮는다는데, 그게 정말인가봐? 우리가 어려서는 언니가 되려 신경질루 감정이 섬세허구 잔 결벽이 유난스럽구 했는데, 그리구 나는 털펭이구. 안 그랬수? 그랬는데, 시방은 꼭 반대니. 아무튼 나두 언니처럼 의사허구 결혼이나 했드라면 시방쯤 언니 부러워 않구서 엄벙덤벙 아무 근심 없이 살아갔을 거야.

네에, 옳습니다. 이번에는 내가 언니한테 졌습니다. 가치價値는 어디루 갔든지 간에 당장 언니가 날보담 팔자가 좋구, 그걸 내가 한편으루 부러워하는 게 사실은 사실이니까요.

그러나저러나 대체 어떡하면 좋수? 이 일을……

나 혼자서 두루두루 생각다 못해 이 집 아저씨허구나 상의를 좀 해볼까 허구서, 부르르 오기는 왔어두, 상의를 하자면, 그새 통히 토설을 않던 속사정을 다아 자상하게 언니한테랑 설파를 해야 하겠구. 그랬다가 그런 줄을 그이가 알든지 힐 양이면, 성미에 생벼락이 내릴 테구, 멀쩡한 사람 가져다 미친놈 만들려구 헌다구.

그래서 섬뻑 엄두가 나든 않지만, 그래두 어떡허우. 증세가 좀처럼 심상털 앓어 뵈구, 그러니깐 도리를 좀 차리기는 차려야지만 할 것 같은데.

이 집 아저씨 동창이든지 친구든지 누구 신경과(神經科) 전문 하는 이 없나 모르겠어?

신경쇠약이냐구?

그렇지, 신경쇠약은 신경쇠약이지, 머. 그런데 시방은, 오늘버틈은 암만해두 여니 우리가 생각하는 신경쇠약에서 한 고패를 넘을 기미야.

언니네는 시굴서 올라온 지 얼마 안 되구, 또 내가 이것저것 털어놓구 설파를 인혯구 해서 모르기두 했겠지만, 실상 나두 그새까지는 좀 심한 신경쇠약이거니, 신경쇠약으로 저만큼 심하니깐 더 도질 리야 없구 차차 나어가겠거니, 일변 걱정은 하면서두 한편으로는 낙관을 허구 있었더라우.

아, 그랬는데, 글쎄 오늘은, 아까 즘심 나절이야. 사람이 사뭇 십 년 감수를 했구려. 시방두 가끔 이렇게 가슴이 울렁거리군 하는걸. 내 온 참, 어떻게 생각하면 어처구니가 없기두 허구.

아까 그게 그리니까 두 시가 조꼼 못 돼서야. 부엌에서 무얼 좀 허구있는 참인데, 뚜벅뚜벅 구두 소리가 나요.

무심결에 돌려다봤지. 봤더니, 웬 시꺼먼 양복쟁이야, 첨에는 몰라봤어. 그래 웬 사람인가 허구 자세 보니깐, 그이겠지! 그이가 쇠통 글쎄 겨울 양복을 끄내 입었어요. 이 삼복중에 겨울 양복을

저를 어쩌니, 가 아니라, 머 정신이 아찔하더라니깐.

그게 제정신 지닌 사람이 할 짓이우? 하얀 아사 양복을 싹 빨아 대려서 양복장에다가 걸어 준 걸 두어두구는, 이 삼복 염천에 생판 겨울 양복 허구두 그나마 머, 홈스팡이라든지, 그 손꾸락같이 올 굵구 시꺼무레한거, 게다가 맥고 모자며 흰 구두까지 멀쩡할 걸 놓아두구서 겨울

모자에 검정 구두에 넥타이 와이샤쓰꺼정 언뜻 봐두 죄다 겨울 거구려.

그러니, 그렇잖어두 늘 맘이 조마조마하던 참인데, 문득 그 광경을 당허니, 얼마나 놀랬겠수? 내가 말이야.

그냥 가슴이 더럭 내려앉구, 어쩔 줄을 모르겠어. 팔다리허며 입술이 사시나무 떨리듯 떨리구.

아이머니, 저이가아! 이 소리 한마디를 죽어가는 소리 겨우 입술만 달싹거리구는 넋이 나간 년매니루 멍하니 섰느라니깐, 그이 좀 보구려! 마당에기 우뚝 선 채 나를 마주 뻐인히 바라나보더니, 아 혼자서 벌씸허구 웃겠지! 웃어요 글쎄.

작년 가을 이짝 도무지 웃는 일이라구는 없던 사람이, 근 일년 만에 웃는구료. 전에 혹시 무슨 유쾌한 일이 있든지 허면, 벌씸허구 웃던, 꼭 그런 웃음 쩨야.

일변 반갑기두 허구, 그리면서두 가슴이 더 두군거려쌓는군. 그럴 게 아니우? 일년 짝이나 웃덜 않던 사람이 갑자기 웃으니, 여편네 된 맘에 웃는 그것만은 반가워두 저이가 영영 상성이 된 게 아닌가 해서 말이야.

어떻다구 맘을 진정할 수가 없구, 눈물이 좌르르 쏟아지는 것을, 그제서야 휑나케 마당으로 쫓아나가서 두 팔을 덥쑥 잡았대지만, 목이 미어 말이 나오우? 그이는 내가 사색이 질려가지구는—내 얼굴이 다아 죽었을 게 아니겠수? 그래가지구는 당황해하다가, 끝내 울구 달려 나오니깐, 첨에는 성가신 듯기 이맛살을 찌푸리드니, 용히 재갸 채림새가 생각이 나든가봐. 실끔 아랫도리를 한번 내려다보더니, 좀 점직하다는 속인지, 피쓱 웃어요. 그 웃는 데 사람이 애가 더 밭더라니깐.

"왜 그래? 여름에 동복을 좀 입었기루서니, 왜 죽는시늉이야?"

혀를 끌끄을 차면서 얼굴 기색허며, 말소리 허며 아주 천연스럽구 전대루지, 죄끔두 공허호

虛헌 데가 없어요. 사람이 실성을 허며는 어덴지 말하는 음성이며 태도허며, 건숭이구 공허해보이잖아?

"천민! 속물! 세상이 곤두서는 데는 태평이면서, 옷 좀 거꾸루 입은건 저대지 야단이야."

속물이랏 소리는 노상 듣는 독설毒舌이구. 나는 그이 눈을 주의해 보느라구 경황중에두 정신이 없지. 저 뭣이냐, 사람이 영 미치구 나면 눈자가 틀린다구 않수?

그런데 암만 찬찬히 파구 보아야 전대루 정기가 들 구 맑지, 머 아무렇지두 않어.

그래두 그걸루 어디 안심이 되우?

그래 팔을 잡아 흔들면서, 아이 여보오, 부르니까.

"왜 그래 글쎄!"

하면서, 보풀스럽게 톡 쏘아 부딪는 것까지두 여전해요.

"대체, 이 모양을 허구서 어디를 나갔다가 오

시우?"

분명 어디를 나갔다가 오는 참이야. 얼굴이 버얼걸게 익구, 땀을 흠뻑 흘리는 게 탈은 거기가 붙었어, 탈은.

아아니, 그이가 글쎄 갑작스리 의관을—동복은 동복이라두—단정하게 채리구서는 출입을 허다께. 그게 사람이 기색을 헐 노릇이 아니우? 이건 천지가 개벽을 했다면 모르지만.

그이가 작년 초가을에 신문사를 그만두던 그날버틈서 인해 일년 짝을 굴속 같은 그 건넌방에만 처박혀 누워서는, 통히 출입이라구 하는 법이 없구, 산보가 다 뭐야. 기껏해야 화동花洞 사는 서씨徐氏라는 친구나 닷새에 한 번씀, 열흘에 한 번씀 찾어가는 게 고작이더라우

그리구는 허는 일이라는 게 책 디리파기, 신문 잡지 뒤치기, 그렇잖으면 끄윽 드러누워서, 웃지두 않구, 이야기두 않구, 입 따악 봉허구서는, 맘 내켜야 겨우 마지못해 묻는 말대답이나 허구,

그리다가는 더럭 짜징이 나가지굴랑 날 몰아세기나 허구, 그럴 때만은 여전히 웅변이지. 그러니 나만 죽어날밖에.

 아, 아무 데두 맨 데가 없는 몸이겠다. 조옴 좋수? 집 뒤 바루 중앙학교 후원으로 해서 조금만 가며는 삼청동이요, 푸울이 있겠다, 마침 태호 녀석이 유치원두 쉬는 때라, 동무가 없어서 어린것이 심심해 못 견디기두 허구 허니 기직이나 한 닢 들구 그 애 손목이나 잡구, 매일 거기라두 가서 물에두 들어가 놀구, 물에 지치거든 그늘 좋은 솔밭으루 나와 누워서 독서두 허구, 그러느라면 몸에두 좋구, 더우두 잊구, 또 아는 사람두 만나구 새루 사귀는 사람두 생기구 해서, 어우렁더우렁 만사 다아 잊구 지낼 게 아니겠수? 그런 걸 글쎄, 내가 혀가 닳두룩 말을 해두 안들어요. 뎁다 날더러, 신경이 둔한 속물이 돼서, 자꾸만 보기 싫은 인간들허구 섭슬려, 돼지처럼 엄벙덤벙 지내란다구 독설이나 뱉구.

그뿐인가 머. 언니두 알 테지만, 집에서 어머니가 지난 첫여름버틈 벌써 네 번째나 편지를 하셨다우. 아이 아범이 올에는 아무 데두 맨 데가 없다면서 예가 바루 해변이겠다, 넉넉진 못하지만 느이들이 서울서 지내는 이보담야 다만 성한 생선 한 토막을 먹어두 나을 테니, 집일라컨 예서 서울 속내 잘 알구 착실한 여인네 하나가 마침 있으니깐 올려보내서, 한여름 동안 집을 봐주게 하께시니, 부디 어린 놈 데리구 세 식구 다 내려와서 이 여름 더웁잖게 지나라구, 제일에 내가 어린 놈이 보구 싶어 못 하겠다구, 그리구 요전번 네 번째 하신 편지에는 혹시 여비라두 없어서 못 내려가는 줄 아시구서 내려오겠다면, 집 보아줄 사람 올려보내는 편에 돈을 얼마간 보낼 테니, 곧 기별허라구까지 하셨구려.

 사우 이뻐사 장모라구, 그게 다아 딸이나 외손주놈보담두 실상 알구 보면 그 알뜰한 사우양반 생각허시구, 그리시는 거 아니우?

그러니 말이우. 그렇게 살뜰스럽게 오래지 않는다구 하더래두, 딴비발이 써가면서 남들은 위정 피서두 갈라더냐. 거봐요! 언니네는 갈 맘이 꿀안 같애두 못 가잖아. 그러니 글쎄 선뜻 내려갔으면 오죽 좋수?

그리나마 처가래야 처남인들 하나나 있으니, 어려운 생각이며 편안찮은 맘이 나겠수? 장인 장모 단 두 분이겠다, 참말이지 재갸 본가집보담두 더 임의롭구 호강받이루 지낼 건데.

내가 얼마를 졸랐다구. 그래두 영 도래질이아. 그리구는 헌닷 소리가, 나를 목을 베어봐라, 단 한 발이라두 서울서 물러서나, 이리는구려!

대체 무엇이 그대지 서울이 탐탁해서 죽어두 안 떠날 테냐구 캘라치면, 네까짓 것 하등동물이, 동아줄 신경이, 설명을 해준다구 알아들으면 제법이게? 설명해서 알 테면 설명해주기 전에 알아챌 일이지, 이러면서 몰아세요.

그리구두 졸리다 졸리다 못 하면, 임자나 태

호 데리구 가겠거든 가래는 거야. 웬만하거든 아주 영영 가버리라구. 시방, 세상이 통째루 사개가 벙그러지는 판인데, 부부구 자식이구 가정이 그런 건 다아 고담古談 같대나. 내 어디서 온.

　왜 혼자라두 안 가느냐구 말이지? 언니두 그런 말 마시우.

　허기야 참, 몇 번 별르기두 했더라우.

　그래두 차마 훌쩍 못 떠나가겠습디다! 그런 사람을 여기다가 띠어놔두구서, 나 혼자 가다께 될 말이우? 것도 신경이 노말한 사람이면 몰라. 그렇지만 병인인걸, 병인을 혼자 남의 손에 맡겨두구서야 어디.

　에구 무척! 아저씨라면 들입다 깨진 똥단지 위하듯 위하면서, 하하하, 내가 그이 물이 들어서 자꾸만 이렇게 입이 걸쭉해가나봐.

　신문사 나온 거? 머 누구 동료나 손윗사람허구 다투거나 의견 충돌이 생겼던 것도 아니구, 거저 불시루 그날 그 자리서 사직원을 써서는 편집국장 앞에다가 내놓구 나왔다는걸. 그게 벌써 신경이 심상찮어진 표적이 아니우?

 신문사서두 어디루 보구, 어떻게 생각했든지 첨에는 편지가 오구, 둘째 번은 정치부장이 오구, 셋째 번에는 사장의 전갈이라구 편집국장이 명함을 적어 보내구, 도루 사에 나오라는 권면이야.

 그래두 번번이 몸이 건강털 못 해서 일 감당을 못 하겠다는 핑계만 대지, 종시 움쩍을 안 했더라우.

 남들은 다 같이 대학을 마치구 나와서두 3, 4년씩 취직을 못 해 쩔쩔매는 세상에, 그해 동경서 나오던 멀루 신문사에 들어갔구, 인해 5년이나 말썽 없이 있어왔으니깐, 그만하면 신문사 인심두 얻구 또 사장두 자별하게 대접을 했답디다. 그런 것을 헌신짝 벗어 내던지듯 내던지구는 사람마저 저 지경이 됐으니……. 허기는 눈동자가 옳게 박힌 놈은 이 짓 못 해먹겠다구, 그 무렵에 바싹 더 침울해허기는 했었지만서두.

생활비?

머 거저, 작년 가을 겨울 두 철은 신문사서 나온 퇴직금 한 3백 원 되는 걸루 그럭저럭 지냈구, 올 봄으로 첫여름은 시댁에서 두 번인가 백 원씩 보낸 걸루 지내는 시늉을 했지만.

시댁두 별수는 없구, 막내 시아제가 작년버틈 금광을 해요. 그리 우난건 아니지만, 동기간이 객지서 어려이 지낸다구 가끔 돈 백 원씩 그렇게 띠어 보내군 했는데, 그 뒤에 광이 팔리기루 됐다나봐. 팔리기만 하며는 몇 만 원 생길 텐데, 매매에 걸려가지구는 두 달 장간이나 오늘내일 밀려 나려오기만 허구, 돈이 들어오덜 않는대나봐. 그걸 바라고 있다가, 우리두 고슴도치 오이지듯 빚을 다뿍 짊어진걸.

그렇지만 괜찮아요. 영 몰리면 집은 우리 것이니깐, 팔아서 빚두 가리구 한동안 먹구살 거리만 냉기구서 시외루 오막살이나 한 채 얻어나앉지. 그런 것은 나두 뱃심 유해졌다. 의식주 같은 건 근심하지 말구서, 돼가는 대로 살아가기루.

정말이지 그런 건 죄꼼두 걱정두 안 되구, 위협두 느끼잖어요. 거저 그이만 몸을 도루 일으켜 가지구, 생화야 있든지 없든지, 남처럼 활달하게 나돌아다니구 허기만 해주었으면, 머 내가 어디 가서 빨래품을 팔아다가 사흘에 한 끼씩 먹구 살아두 좋아요.

흰말이 아니라우. 진정이야. 그런데 글쎄, 아유, 답답해! 아, 밖에 나가서 돌아다니구, 머 삼청동 풀에를 다니고, 그런 것두 외려 열두째야. 내 찬!……

언니두 와서 봤으니깐 알 테지만, 우리 집 건넌방이라는 게 그게 방이우? 여름 한철은 도무지 사람이 거처를 못 해요. 앞문이 정서향으로 나놔서 오정만 지나면 그 더운 불볕이 쨍쨍 들이죄지요. 게다가 처마 끝 함석 채양에서는 후꾼후꾼 더운 기운이 숨이 막히게 우리지요. 북창 하나 없구 겨우 마루루 샛문이 한쪽 났다는 게 바람 한 점 드나들덜 않지요. 머 방 속이 아니라, 영락없는 한증 가마 속이야. 날더러는 단 10분을 들앉어 있으래두 죽으면 죽었지 못해. 어느 미쟁이 녀석이 고따우루 소견머리 없이두 집을 지어 놨는지.

 그런 걸 글쎄 그이는 꼬박 그 속에서 배겨내는군. 가을이나 겨울이나 또 봄철은 외려 괜찮아요. 아 이건, 이 삼복중에 그 뜸가마 속에서 끄윽 들박혀 있으니, 더웁긴들 오죽하며, 여니 사람두 더위에 너무 부대끼며는 신경이 약해져서 못쓰는 법인데, 이건 가뜩이나 뭣한 사람이 그 지경을 허구 있다께, 멀쩡한 자살이 아니우?

 제에발 마루루라두 나와서 누웠으라구, 경을 읽어두 안 들어요. 마룬들 그대지 신통힐꼬만서두, 그래두 건넌방보담은 더얼허구, 또 안방은 앞뒷문으로 맞바람이 쳐서 제법 시언하다우.

 난 두 내외에 어린 놈 하나겠다, 남의 식구라는 없으니, 아닐 말루 활씬 벗구는 여기저기 시언한 자리루 골라 눕던 못 허우?

성가시구 다아 힘이나 드는 노릇이라면, 그두 몰라. 누웠던 자리에서 몸 한 번만 뒤치면 마루루 나와지구, 또 한 번만 뒤치면 안방 뒷문 치루 옮아 누워지구 하는 걸, 웬 고집이며 무슨 도섭으루다가 고걸 꼼지락거릴라구 않구서, 생판 뜸가마 속에만 늘어붙어설랑 육성으로 그 고생이우?

가슴이 지레 터지구, 내가 얼마나 폭폭하겠수? 사뭇 살이 내려요.

허기야 사람이 전에두 고집이 세구 신경실이 돼서, 편성이구 허기는 했지만, 시방 저러는 건 고집두 편성두 아니구서, 거저 나무토막이구 돌덩어리라니깐! 그러니 병이지, 병이 아닌 담에야 어디 그럴 법이 있수. 병원? 진찰?

흥! 그런 말만 내보우. 생사람 하나 죽구 말지 안 돼요. 안 되구, 아까 이야기하다가 말았지만, 여기 아저씨가 누구 잘 아는 이루 신경과 전문의사가 있으면 미리 짜구서, 그런 눈치 저런 눈치 뵐 게 아니라, 놀러온 양으루 어물쩌억허구, 좀 보아달래야지, 내 억척으루는 천하 없어두 병원에는 데리구 가는 장사는 없어요.

이거 봐요 글쎄, 오늘은 이런 재주를 다아 부려보잖었겠수? 오정이 조끔 못돼서야. 태호 벙어리를 털으니깐, 제법 일 원짜리두 두 장이나 나오구, 죄다 해서 한 5천6백 원은 돼요. 옳다구나, 태호허구 두구누를 해가지구서는 모자가 건넌방으루—그 양반이 농성籠城을 허구 있는 그 한중 가마 속이었다—글러루 처억 처들어갔구려.

들어가설랑, 아 날두 이렇게 몹시 더웁구 이 애두 벌써 며칠째 어디를 가자구 조르구 허니깐, 우리 가서 수박두 먹을 겸, 물에두 들어갈 겸, 안양安養이나 잠깐 갔다가 오자구. 듣자니 사람두 그리 많지두 않구, 조용한 자리두 얼마든지 있다더라구, 머 있는 소리 없는 소리 주워 보태가면서 은근히 추실르지를 안 했다구요. 태호는 태호대루 내가 외워준 말을 강한다는 게 '안양' 먹으러 '수박' 가자구 조르구 앉았구.

첨에는 대답두 안 해요. 그래두 자꾸만 앉아서 조르니깐, 겨우 한닷 소리가, 태호 데리구 갔다오구려, 이러는군!

그리면서 슬며시 돌아눕는데, 글쎄 잠뱅이만 입구 알몸으로 누웠던 등허리가 땀이 어떻게두 지독으루 났든지 방바닥이 흔그은해요. 오죽해서 내가 걸레를 집어다가 닦었으니. 천주학이라구는!

일 글른 줄 알면서도, 그리지 밀구 같이 갑시다. 당신두 같이 가서 소풍두 허구 그래야 좋지 우리 둘이만 무슨 재미루다가 가겠수. 자, 어서 일어나서 우선 냉수루 저 땀두 좀 씻구, 그리라구 비선 허듯 애기달래듯 하니깐,

"재미?"

암말두 않구, 한참 있다가, 따잡듯 시비조야.

"재미라……? 게 임자네 재미 보자구 나는

고통을 받아야 하나?"

"그런 억지소릴라컨 내지 마시우!"

나두 그제서는 속에서 부애가 치밀다 못해 대구 쏠 밖에.

"원, 놀러 가는 게 어쩌니 고통이며, 당신 말대루 설령 고통이 된다구 합시다. 당신 좀 고통 받구서, 머 나는 둘째야, 저 어린것 하루 실컷 즐겁게 해주면, 그게 못할 일이우?"

"그것두 천하사를 도모하는 노릇이라면……."

"에구! 거저……."

"……."

"글쎄, 여보!"

"……."

"당신 이러다가 아닐 말루 죽기나 하면 어떡 허자구 그러시우?"

"힐 수 없겠지. 인간 목숨이 소중하다는 것두 요새는 전설 같아서 까마득허이!"

"드끄러워요! 내가 어디 가서 기두 맥두 없이

죽어버려야 당신이 정신을 좀 채릴려나 보우."

"야몽거지 않는 여편네는 넉넉 만금 값이 있어. 아닌게아니라, 아씨의 그 다변은 좀 성가셔!"

"그렇다며는, 아무래두 나는 죽어야 하겠구려? 당신 성가시지 않게, 또 정신을 버쩍 좀 차리게 소원이라면 죽어드리리다."

"나를 위해서……? 죽는다……?"

"빈말이 아니라, 두구 봐요."

"남을 위해서 내가 죽는 것두 개죽음일 경우가 많아! 제일차 세계대전 후에, 아메리카 녀석들이 무얼루 오늘날 번영을 횡재했게! 귀곡성鬼哭聲이 이천만이 합창을 하잖나! 억울하다구. 생때같던 장정 이천만 명!"

"아이구 답답이야! 이 답답. 제에발 덕분 하느라구 저기 마루나 안방으루라두 좀 나가서 누워요. 제에발."

"그만 입 다물지 못해? 이 하등동물 같으니라고."

소리를 버럭 지르면서 되사리구 일어나 앉어요, 화가 나설랑.

　　"이 동물아! 내가 이렇게 꼼짝 않구서 처박혀만 있으니깐, 아무 내력없이 그리는 줄 알아? 나는 이게 싸움이야, 이래봬두. 더위가 나를 볶으니까, 누가 못 견디나 보자구 맞겨누는 싸움이야 싸움!"

　　내 원, 어처구니가 없어서.

　　더 옥신각신해야 되려 그이 신경에만 해롭겠어서 벌떡 일어나 나와버렸지. 속두 상허구, 허는 깐으루는 재갸 말대루 태호나 데리구 안양이라두 곧 가겠어. 그렇지만 어디 그럴 수가 있어야지. 내가 애를 푹신 삭이구 말았지.

　　그리자 마침 생각하니깐 오늘이 말복이야. 그래, 온 여름 내내, 그 생지옥에 처박혀 있으면서, 연계 한 마리두 못 얻어먹구 꼬치꼬치 야윈 게 애차랍기두 허구, 또 태호두 며칠 설사 끝에 눈이 빠아꼼하구, 에라 남대문장에나 가서 연계를 두어 마리 사다가 삶어주리라구, 태호를 앞세우구 나섰지.

그이더러두 장에 가서 닭 사가지구 오마구, 좋은 말루 말을 허구 나가려니깐 되부르더니, 내려가는 길에 싸전 가게 주인더러 재갸가 엊그제 시굴서 올라오기는 했는데, 일이 여의치가 못했다구, 미안한 대루 이달 8월 그믐꺼정만 더 참어달라구 일르라는군. 그런 걸 봐두 정신 말짱하잖우?

대놓구 먹던 아래거리 싸전에 묵은 외상값이 한 20원 돼요. 그걸 지난 봄부터 몇 번 밀어오다가 6월 그믐껜가는 재갸가 돈을 마련하러 시굴을 내려가니, 수히 올라와서 셈을 막어주마구 그랬다는군. 그래놓구는 7월 그믐을 문뚜룸히 넹겼는데, 글쎄, 그이 하는 짓을 좀 봐요. 시굴 내려갈 줄루 거짓말을 하구서는, 그 담부텀은 그 앞으로 지내다니기가 안됐으니까, 화동 서씨네 집을 갈 때며는 곧장 내려와서 가회동으루 넘어가덜 못 하구서는, 위정 중앙학교 뒤루 길을 피해 비잉빙 돌아 다니는구려! 애초에 시굴이니 뭣이니 할 게 아니라, 그대루 이럭저럭 한동안 밀어가다가 생기는 날 갚어줄 것이지, 또 그래놓구서, 그 앞을 얼찐 못할 건 무엇이며, 사람이 고렇게 소심하다구! 그런 걸 보면 천하 졸장부야.

그래 아무려나, 시키는 대루 싸전에 들러서 말을 그대루 이르구는, 전차를 타구 남대문장까지 가서, 연계를 세 마리를, 털 뜯구 속 낸 걸루 사가지구 그리구 돌아보니깐, 한 시가 조꼼 못 됐더군. 아마 한 시간 남짓했나봐. 그런데 집에를 당도하니깐, 그이가 어디루 가구 없어요. 집은 텅 비워놓구 대문만 지쳐두구서.

그저 짐작에, 화동 서씨네 집에나 갔나 보다구 심상하게 여기구서, 별치의두 안했지. 늘 동저구리 바람으루 시간 대중 없이 주루루 가군 하니깐.

그랬지 누가 글쎄 동복을 지성으로 끄내 입

구, 그 야단을 떨었을 줄이야 꿈엔들 생각했수?

그랬는데, 그래 시방 부랴부랴 닭을 삶는다. 또 그이가 칼국수를 좋아허길래 밀가루를 반죽해가지구 늘여서, 썰어서, 삶어 건져놓는다, 양념을 장만한다, 거진거진 다아 돼가는 판에, 마침 들어오기는 때맞추어 잘들어왔다는 게, 쇠통 그 모양을 해가지구 처억 들어서지를 않는다구요!

하마 조끔 뭣했으면 내가 미칠 뻔했다우, 허겁이 아니라. 시댁두 시댁이지만 집에서 만약 어머니가 아시면, 기절을 하셨지.

그래 겨우 정신을 채려 가지구, 그 얼뚱아기를 데려다가 마룻전에 걸터앉히구서, 모자를 벗기구, 저구리를 벗기구, 조끼를 벗기구, 부채질을 해주구 하면서 대체 어디를 갔다가 오느냐구 제쳐 물으니깐, 종로! 종로를 갔다 온대요. 자그만치 종로를.

나는 기가 막혀서 울다가 웃었구려.

젊은이 망녕은 참나무 몽둥이루 곤친다는

데, 이건 몽둥이질을 하잔말두 안나구. 아닌게 아니라, 국수를 늘이느라구 거기 마루에 놓아둔 방망이가 돌려다보입디다!

"아아니 여보, 말쑥한 여름 양복은 두어두구서 무슨 내력으루 이걸 끄내 입구, 종로는 또 무엇 하러 가신단 말이오?"

"속 모르는 소리 말아. 이걸 떠억 입구 이걸 푸욱 눌러 쓰구, 저 이글이글한 불볕에, 어때? 온갖 인간들이 더위에 항복하는 백기白旗 대신 최저한도루다가 엷구 시언한 옷을 입구서 그리구서두 허어덕허어덕 쩔쩔매구 다니는 종로 한복판에가 당당하게 겨울옷을 입구서 처억 버티구 섰는 맛이라니! 그게 어떻게 통쾌했는데!"

연설조루 팔을 내저으면서 마구 기염을 토하겠지.

"남들이 보구 웃잖습니까?"

"그까짓 속충俗蟲들이 뭘 알아서? 어허허 그 친구 토옹쾌허다! 이 소리 한번 치는 놈 없구, 모두 피쓱피쓱 웃기 아니면 넋나간 놈처럼 멍허니 입을 벌리구는 치어다보구 섰지."

보니깐 그 두꺼운 양복 밖으로 땀이 뱄겠지. 얼마나 더웠어!

"그리구 참, 내 올라오면서 싸전 가게 앞으루 지내와 봤는데……"

"무어랍디까?"

"그저, 안녕히 다녀오셨느냐구. 그런데 말이야, 그 앞을 지내오면서, 가만히 생각하니까, 썩 유쾌하겠지!"

"진작 그러실 거지."

"응, 길을 피해서 돌지두 말구, 맘을 터억 놓구서, 고개를 들구서 팔을 커다랗게 치면서 그 앞을 어엿하게 지내왔단 말이야, 아주 당당히. 그래! 그게 해방이란 거야, 해방! 해방은 유쾌한 거야!"

사뭇 우줄거리는데 얼굴은 보니깐, 그새처럼 침울하기는 침울해두, 말소리는 애기같이 명랑

하겠지!

째가 말대루 통쾌하구 유쾌하구 한 덕분인지 모르겠어두, 닭국에다가 국수를 말어주니깐, 큰 바리루 하나를 다 먹구 또 주발루 반이나 먹더군. 그러니 말이우, 그게 요행 병을 돌려서 그리는 거라면, 오죽 기쁠 일이우. 그렇지만 불행히 병이 도져가는 증조라면 그 일을 장차 어떡헌단 말이우?

혈통? 없어요. 시방 당대구 선대구, 그런 일은 없어요. 아니야, 내가 글쎄, 그이허구 결혼한 지가 7년인데, 그이 학부 마칠 동안 3년허구 취직한 뒤에 살림 시작하기 전 2년허구, 5년이나 시댁에서 지냈는걸 아무런들 그이 집안에 정신병 혈통이 있는지 없는지 몰랐겠수?

옳아, 언니 시방 하는 말이 맞었어. 나두 실상 그렇게 짐작은 했다우. 그러니 말이지, 사내 대장부가 어찌 그대지 못났수? 이건 과천果川서 뺨맞구, 서울 와서 눈 흘기기 아니우? 제엔장맞을,

차라리 뛰쳐나서서 냅다 한바탕…… 응? 그럴 것이지, 그렇잖우?

그러구저러구 간에 시방 나루서는 병病 시초나 또 뿌렁구나 그게 문제가 아니야.

다못 그이가 정말루 못쓰게 신경 고쟁이 생겼느냐, 요행 일시적이냐. 만약에 중한 고장이라며는 어떻게 해야만 그걸 나수어주겠느냐, 이것뿐이지 그밖에는 아무것두 내가 참견할 게 아니야. 날더러 그이를 이해理解를 못 한다구? 딴전을 보구 있네! 그게 어디 이해를 못 허는 거유?

마침맞세 아서씨가 들어오시는군.

내친걸음이니 아무리나 같이 앉어서 상의를 좀 해보구…….

논 □ 이 야 기

1

 일인들이 토지와 그밖에 온갖 재산을 죄다 그대로 내놓고 보따리 하나에 몸만 쫓겨가게 되었다는 이야기를 듣는 한생원은 어깨가 우쭐하였다.
 "거 보슈 송생원. 인전 들, 내 생각 나시지?"
 한생원은 허연 탑삭부리에 묻힌 쪼글쪼글한 얼굴이 위아래 다섯 대 밖에 안 남은 누런 이빨과 함께 흐물흐물 웃는다.
 "그러면 그렇지, 글쎄 놈들이 제아무리 영악

하기로소니 논에다 네 귀탱이 말뚝 박구섬 인도깨비처럼, 어여차 어여차, 땅을 떠가지구 갈 재주야 있을 이치가 있나요?"

한생원은 참으로 일본이 항복을 하였고, 조선은 독립이 되었다는 그날— 8월 15일 적보다도 신이 나는 소식이었다. 자기가 한 말豫言이 꿈결같이도 이렇게 와 들어맞다니…… 그리고 자기가 한 말대로, 자기가 일인에게 팔아넘긴 땅이 꿈결같이도 도로 자기의 것이 되게 되었다니…… 이런 세상에 신기하고 희한할 도리라고는 없었다.

조선이 독립이 되었다는 8월 15일, 그때는 한생원은 섬뻑 만세를 부르고 싶은 생각이 나지 않았어도, 이번에는 저절로 만세 소리가 나와지려고 하였다.

8월 15일 적에 마을에서는 젊은 사람들이 설도를 하여 태극기를 만들고, 닭을 추렴하고 술을 사고 하여놓고 조촐히 만세를 불렀다.

한생원은 그 자리에 참례를 하지 아니하였다. 남들이 가서 같이 만세를 부르자고 하였으나 한생원은 조선이 독립이 되었다는 것이 별양 반가운 줄을 모르겠었다. 그저 덤덤할 뿐이었다.

물론 일본이 항복을 하였으니 전쟁은 끝이 난 것이요, 전쟁이 끝이 났으니 벼 공출을 비롯하여 솔뿌리 공출이야, 마초 공출이야, 채소 공출이야, 가지가지의 그 억울하고 성가신 공출이 없어지고 말 것이었다.

또, 열여덟 살배기 손자놈 용길이가 징용에 뽑혀 나갈 염려가 없을 터였다. 얼마나 한생원은, 일찍이 아비를 여의고, 늙은 손으로 여태껏 길러온 외톨 손자놈 용길이가 징용에 뽑히지 말게 하려고, 구장과 면의 노무계 직원과, 부락 담당 직원에게 굽은 허리를 굽실거리며 건사를 물고 하였던고, 굶은 끼니를 더 굶어가면서 그들에게 쌀을 보내어주기, 그들이 마을에 얼찐하면 부랴부랴 청해다 씨암탉 잡고 술 대접하기, 한

참 농사일이 몰릴 때라도, 내 농사는 손이 늦어도 용길이를 시켜 그들의 논에 모 심고 김매어주고 하기. 이 노릇에 흰머리가 도로 검어질 지경이요, 빚은 고패가 넘도록 지고 하였다.

하던 것이 인제는 전쟁이 끝이 났으니, 징용이자는 싹 씻은 듯 없어질 것. 마음 턱 놓고 두 발 쭉 뻗고 잠을 자도 좋았다.

이런 일을 생각하면 한생원도 미상불 다행스럽지 아니한 것은 아니었다. 그러나 오직 그뿐이었다.

독립?

신통할 것이 없었다.

독립이 되기로서니, 가난뱅이 농투성이가 별안간 나으리 주사될 리 만무하였다. 가난뱅이 농투성이가 남의 세토(소작) 얻어 비지땀 흘려가면서 일년 농사지어, 절반도 넘는 도지(소작료) 물고 나머지로 굶으며 먹으며 연명이나 하여가기는 독립이 되거나 말거나 매양 일반일 터였다.

공출이야 징용이야 하여서 살기가 더럭 어려워지기는 전쟁이 나면서부터였다. 전쟁이 나기 전에는 일년 농사지어 작정한 도지 실수 않고 물면 모자라나따나 아무 시비와 성가심 없이 내 것 삼아 놓고 먹을 수가 있었다.

징용도 전쟁이 나기 전에는 없던 풍도였었다. 마음 놓고 일을 하였고, 그것으로써 그만이었지, 달리는 근심 걱정 될 것이 없었다.

전쟁 사품에 생겨난 공출이니 징용이니 하는 것이 전쟁이 끝이 남으로써 없어진 다음에야 독립이 되기 전 일본 정치 밑에서도 남의 세토 얻어 도지 물고 나머지나 천신하는 가난뱅이 농투성이에서 벗어날 것이 없을진대, 한갓 전쟁이 끝이 나서 공출과 징용이 없어진 것이 다행일 따름이지, 독립이 되었다고 만세를 부르며 날뛰고 할 흥이 한생원으로는 나는 것이 없었다.

일인에게 빼앗겼던 나라를 도로 찾고, 그래서 우리도 다시 나라가 있게 되었다는 이 잔주도, 역시 한생원에게는 시쁘둥한 것이었다. 한생원은 나라를 도로 찾는다는 것이, 구한국 시절로 다시 돌아가는 것으로 밖에는 달리는 생각할 수가 없었다.

한생원네는 한생원의 아버지의 부지런으로 장만한 열서 마지기와 일곱 마지기의 두 자리 논이 있었다. 선대의 유업도 아니요, 공문서(文書: 무등기) 땅을 거저 주운 것도 아니요, 뻐젓이 값을 내고 산 것이었다. 하되 그 돈은 체계나 돈놀이高利貸金業로 모은 돈이 아니요, 품삯 받아 푼푼이 모으고 악의악식하면서 모은 돈이있나. 피와 땀이 어린 땅이었다.

그 피땀 어린 논 두 자리에서, 열서 마지기를 한생원네는 산 지 겨우 5년 만에 고을 원郡守에게 빼앗겨버렸다.

지금으로부터 50년 전, 갑오 을미 병신 하는 병신丙申년 한생원의 나이 스물한 살 적이었다.

그 안 해 을미년 늦은 가을에 김아무金某라는

원이 동학란에 도망뺀 원 대신으로 새로이 도임을 해와서, 동학의 잔당을 비질하듯 잡아 죽였다.

피비린내 나는 살육이 이듬해 병신년 봄까지 계속되었고, 그리고 여름…… 인제는 다 지났거니 하여 겨우 안도를 한 참인데, 한태수(한생원의 아버지)가 원두막에서 동헌으로 붙잡혀가 옥에 갇혔다. 혐의는 동학에 가담하였다는 것이었다.

한태수는 전혀 동학에 가담한 일이 없었다. 그의 말대로 하면, 동학 근처에도 가보지 아니한 사람이었다.

옥에 가두어놓고는, 매일 끌어내다 실토를 하라고, 동류의 성명을 불라고, 주리를 틀면서 문초를 하였다. 60이 넘는 늙은 정강이가 살이 으깨어지고 뼈가 아스러졌다.

나중 가서야 어찌 될 값에 당장의 아픔을 견디다 못 하여 동학에 가담하였노라고 자복을 하였다. 입에서 나오는 대로 아는 사람의 이름을 불렀다.

불린 일곱 사람이 잡혀 들어와 같은 문초를 받았다. 처음에는 들 내뻗었으나 원체 아픔을 이기지 못하여 자복을 하였다.

　남은 것은 처형을 하는 것뿐이었다.

　하루는 이방이, 한태수의 아내와 아들(한생원)을 조용히 불렀다.

　이방은 모자더러, 좌우간 살려낼 도리를 하여야 않느냐고 하였다. 모자는 엎드려 빌면서, 제발 이방님 덕택에 목숨만 살려지이다고 하였다.

　"꼭 한 가지 묘책이 있기는 있는데⋯⋯ 그럼 내가 시키는 대로 할 데냐?"

　"불속이라도 뛰어들어 가겠습니다."

　"논문서를 가져오느라. 사또께다 바쳐라."

　"논문서를요?"

　"아까우냐?"

　"⋯⋯."

　"가장이나 애비의 목숨보다 논이 더 소중하냐?"

"그 땅이 다른 땅과도 달라서……."

"정히 그렇게 아깝거던 고만두는 것이고."

"눈 문서만 가져다 바치면, 정녕 모면을 할까요?"

"아니 될 노릇을 시킬까?"

"그럼 이 길로 나가서 가지고 오겠습니다."

"밤에 조용히 내아로 오도록 하여라. 나도 와서 있을 테니. 그러고 네 논이 두 자리가 있겠다?"

"네."

"열서 마지기와 일곱 마지기."

"네."

"그 열서 마지기를 가지고 오느라."

"열서 마지기를요?"

"아까우냐?"

"……."

"아깝거들랑 고만두려무나."

"그걸 바치고 나면 소인네는 논 겨우 일곱 마

지기를 가지고 수다한 권솔에 살아갈 방도가 ……."

"당장 가장이나 애비의 목숨은 어데로 갔던지?"

"……."

"땅이야 다시 장만도 할 수가 있는 것이 아니냐?"

모자는 서로 돌아보면서 말하였다.

"바칩시다."

"바치자."

사흘 만에 한태수는 놓여나왔다. 다른 일곱 명도 이방이 각기 사이에 들어, 각기 얼마씩의 땅을 바치고 놓여나왔다.

그 뒤 경술庚戌년에 일본이 조선을 합방하여 나라는 망하였다.

사람들이 나라 망한 것을 원통히 여길 때, 한생원은

"그놈의 나라, 시언히 잘 망했지."

하였다. 한생원 같은 사람으로는 나라란 백성에게 고통이지, 하나도 고마운 것이 아니었다. 또 꼭 있어야 할 요긴한 것도 아니었다.

그런 나라라는 것을 도로 찾았다고 하여 섬뻑 감격이 일지 아니한 것도 일변 의당한 노릇이라 할 것이었다.

논 스무 마지기에서 열서 마지기를 빼앗기고 나니, 원통한 것도 원통한 것이지만, 앞으로 일이 딱하였다. 논이나 겨우 일곱 마지기를 가지고는 어림도 없었다.

하릴없이 남의 세토를 얻어 그 보충을 하여야 하였다. 그러나 남의 세토는 도지를 물어야 하는 것이라, 힘은 내 논을 지을 때와 마찬가지로 들면서도 가을에 가서 차지를 하기는 절반이 못되는 것이었다. 그렇지만 그렇다고 남의 세토를 소작 아니할 수는 없었다.

이리하여 한생원네는 나라 명색이 망하지 않고 내 나라로 있을 적부터 가난한 소작농이었다.

경술년 나라가 망하고, 36년 동안 일본의 다스림 밑에서도 같은 가난한 소작농이었다.

그리고 속담에 남의 불에 게 잡기로, 남의 덕에 나라를 도로 찾기는 하였다지만 한국 말년의 나라만을 여겨 그 나라가 오죽할리 없고, 여전히 남의 세토나 지어먹는 가난한 소작농이기는 일반일 것이라고 한생원은 생각하던 것이었다.

일본이 항복을 하던 바로 전의 3, 4년에, 공출이야 징용이야 하면서 별안간 군색함과 불안이 생겼던 것이지, 그 밖에는 나라가 망하여 없이지고시 일본의 속국 백싱으로 사는 것이 경술년 이전 나라가 있어가지고 조선 백성으로 살 적보다 별양 못할 것이 한생원에게는 없었다. 여전히 남의 세토를 지어, 절반 이상이나 도지를 물고. 그 나머지를 천신하는 가난한 소작인이요, 순사나 일인이나 면서기들의 교만과 압박보다 못할 것도 없거니와 더할 것도 없었다.

독립이 된 이 앞으로도, 그것이 천지개벽이

아닌 이상, 가난한 농투성이가 느닷없이 부자장자 될 이치가 없는 것이요, 원·아전·토반이나 일본놈 대신에, 만만하고 가난한 농투성이를 핍박하는 '권세 있는 양반'들이 생겨날 것이요 할 것이매, 빼앗겼던 나라를 도로 찾아 다시금 조선 백성이 되었다는 것이 조금도 신통하거나 반가울 것이 없었다.

원과 토반과 아전이 있어, 토색질이나 하고 붙잡아다 때리기나 하고 교만이나 피우고, 하되 세미는 국가의 이름으로 꼬박꼬박 받아가면서 백성은 죽어야 모른 체를 하고 하는 나라의 백성으로도 살아보았다.

천하 오랑캐, 아비와 자식이 맞담배질을 하고, 남매간에 혼인을 하고, 뱀을 먹고 하는 왜인들이, 저희가 주인이랍시고서 교만을 부리고 순사와 헌병은 칼바람에 조선사람을 개돼지 대접을 하고, 공출을 내어라 징용을 나가거라 야미를 하지 마라 하면서 볶아대고, 또 일본이 우리

나라다, 나는 일본 백성이다 이런 도무지 그럴 마음이 우러나지 않는 억지 춘향이 노릇을 시키고 하는 나라의 백성으로도 살아보았다.

결국 그러고 보니 나라라고 하는 것은 내 나라였건 남의 나라였건 있었댔자 백성에게 고통이나 주자는 것이지, 유익하고 고마울 것은 조금도 없는 물건이었다. 따라서 앞으로도 새 나라는 말고 더한 것이라도, 있어서 요긴할 것도 없어서 아쉬울 일도 없을 것이었다.

2

신해辛亥년…… 경술합방 바로 이듬해였다. 한생원―때의 젊은 한덕문―은 빼앗기고 남은 논 일곱 마지기를 불가불 팔아야 할 형편에 이르렀다.

7, 8명이나 되는 권솔인데, 내 논 일곱 마지기에다 남의 논이나 몇 마지기를 소작하여가지고

는 여간한 규모와 악의악식이 아니고서는 도저히 현상 유지를 하기가 어려웠다.

한덕문은 그 부친과는 달라 살림 규모가 없었다. 사람이 좀 허황하고 헤픈 편이었다.

부친 한태수가 죽고, 대신 당가산을 한 지 불과 5, 6년에 한덕문은 힘에 넘치는 빚을 졌다.

이 빚은 단순히 살림에 보태느라고만 진 빚은 아니었다.

한덕문은 허황하고 헤픈 값을 하느라고, 술과 노름을 쑬쑬히 좋아하였다.

일년 농사를 지어야 일년 가계가 번연히 모자라는데, 거기다 술을 먹고 노름을 하니, 늘어가느니 빚밖에는 있을 것이 없었다.

빚은 갚아야 되었다.

팔 것이라고는 논 일곱 마지기 그것뿐이었다.

한덕문이 빚을 이리 틀어막고 저리 틀어막고, 오늘로 밀고 내일로 밀고 하여오던 끝에, 마침내는 더 꼼짝을 할 도리가 없어 논을 팔기로 작정을 대었을 무렵에, 그러자 용말龍田 사는 일인 길천吉川이가 요새로 바싹 땅을 많이 사들인다는 소문이 들렸다. 그리고 값으로 말하여도, 썩 좋은 상답 1이면 한 마지기(2백 평)에 스무 냥으로 스물닷 냥(20냥 이상 25냥: 4원 이상 5원)까지 내고, 아주 박토라도 열 냥(2원) 안짝은 없다고 하였다.

땅마지기나 가진 인근의 다른 농민들도 다들 그러하였지만, 한덕문은 그중에서도 귀가 반짝 뜨였다.

시세의 갑절이＜ㄴ＞아니.

고래실논으로, 개똥배미 상지상답이라야 한 마지기에 열 냥으로 열 두어 냥(2원~2원 4, 50전)이요, 땅 나쁜 것은 기지개 써야 닷 냥(1원)이었다.

'팔자!'

한덕문은 작정을 하였다.

일곱 마지기 놀이 상지상답은 못되어도 상답은 되니, 잘하면 열 냥(2원)은 받을 것. 열 냥이면

이 칠 십사 일백마흔 냥(28원).

 빚이 이럭저럭 한 오십 냥(10원) 되니, 그것을 갚고 나면 아흔 냥(18원)이 남아. 아흔 냥을 가지고 도로 논을 장만해. 판 일곱 마지기만 한토리의 논을 사더라도 아홉 마지기를 살 수가 있어.

 결국 논 한 번 팔고 사고 하는 노름에, 빚 오십 냥 거저 갚고도, 논은 두 마지기가 늘어 아홉 마지기가 생기는 판이 아니냐.

 이런 어수룩한 노름을 아니하잘 머리가 없는 것이었다.

 양친은 이미 다 없은 때요, 한덕문 그가 대주(大主;戶主)였으므로, 혼자서 일을 결단하여도 간섭을 받을 일은 없었다.

 곡우머리의 어느 날 한덕문은 맨발 짚신 풀상투에 삿갓 쓰고 곰방대 물고, 마을에서 십리 상거의 용말 출입을 나갔다. 일인 길천이가 적실히 그렇게 후한 값으로 논을 사는지 진가를 알아보자 함이었다.

금강錦江 어구의 항구 군산群山에서 시작되어, 동북간방東北間方으로 임피읍臨陂邑을 지나 용말로 나온 한길이, 용말 동쪽 변두리에서 솜리로 가는 길과 황등장터黃登市로 가는 길의 두 갈래 길로 갈리는, 그 샅에 가 전주집全州집이라는 주모가 업을 하고 있는 주막이 오도카니 홀로 놓여 있었다.

한덕문은 전주집과는 생소치 아니한 사이였다.

마당이자 바로 한길인, 그 마당 앞에 섰는 한 그루의 실버들이 한창 푸르른 전주집네 주막, 살진 봄볕이 드리운 마루에 나란히 걸터앉아 세상 물정 이야기, 피차간 살아가는 이야기, 훨씬 한담을 하던 끝에 한덕문이 지난 말처럼 넌지시 물었다.

"참 저, 일인 길천이가 요새 땅을 많이 산다구?"

"많얼 께 아니라, 그 녀석이 아마, 이 근처 일

판을, 땅이라구 생긴 건, 깡그리 쓸어 사자는 배 폰가 봅디다!"

"헷소문은 아니루구?"

"달리 큰 배포가 있던지, 그렇잖으면 그 녀석이 상성發狂을 했던지."

"?……"

"한서방 으런두 속내 아는배, 이 근처 논이 물 걱정 가뭄 걱정 없구, 한 마지기에 넉 섬은 먹는 논이라야 열 냥(2원)이 상값 아니? 그런 걸 글쎄, 녀석은 스무 냥 스물댓 냥을 퍼주구 사는구랴. 제마석(一斗落에一石)두 못 먹을 자갈 바탕의 박토라두, 논 명색이면 열 냥 안짝 잽히는 건 없구."

"허긴 값이나 그렇게 월등히 많이 내야 일인한테 논을 팔지, 그렇잖구서야 누가."

"제엔장, 나두 진작에 논이나 시늉만 생긴 거라두 몇 섬지기 장만해 두었드라면, 이런 판에 큰 횡잴 했지."

"그래 많이들 와 파나?"

"대가릴 싸구 덤벼든답디다. 한서방 으런두 논 좀 파시구랴? 이런 때 안 팔구, 언제 팔우?"

"팔 논이 있나!"

이유와 조건의 어떠함을 물론하고 농민이 논을 판다는 것은 남의 앞에 심히 떳떳스럽지 못한 일이었다. 번연히 내일모레면 다 알게 될 값이라도, 되도록 그런 기색을 숨기려고 드는 것이 통정이었다.

뚜벅뚜벅 말굽소리가 나더니, 말 탄 길천이가 주막 앞을 지난다. 언제나 그러하듯이, 깜장 뒷박모지 中山帽子에, 깜징 복징 (洋服: 쓰메에리)을 입고, 깜장 목 깊은 구두를 신고 허리에는 육혈포를 차고 하였다.

한덕문은 길에서 몇 차례 본 적이 있어 그가 길천인 줄을 안다.

"어디 갔다 와요?"

전주집이 웃으면서 알은체를 하는 것을, 길천은 웃지도 않으면서

"응, 조기. 우리, 나쁜 사레미 자바리 갔소 왔소."

길천의 차인꾼이요 통역꾼이요 한 백남술이가 밧줄로 결박을 지은 촌 젊은 사람 하나를 앞참 세우고 뒤미처 나타났다.

죄수(?)는 상투가 풀어지고, 발기발기 찢긴 옷과 면상으로 피가 묻고한 것으로 보아, 한바탕 늘씬 두들겨 맞은 것이 역력하였다.

"어디 갔다 오시우?"

전주집이 이번에는 백남술더러 인사로 묻는다.

백남술은 분연히

"남의 돈 집어먹구 도망 댕기는 놈은 죽어 싸지"

하면서 죄수에게 잔뜩 눈을 흘긴다.

그러고 나서 전주집더러

"댕겨오께시니 닭이나 한 마리 잡구 해놓게나. 놈을 붙잡느라구 한승강 했더니 목이 컬컬허이."

 그러느라고 잠깐 한눈을 파는 순간이었다. 죄수가 밧줄 한끝 붙잡힌 것을 홱 뿌리치면서 몸을 날려 쏜살같이 오던 길로 내뺀다.

 "엇!"

 백남술이 병신처럼 놀라다 이내 죄수의 뒤를 쫓는다.

 길천이 탄 말이 두 앞발을 번쩍 들어 머리를 돌리면서 땅을 차고 달린다. 그러면서 길천의 손에서 육혈포가 땅…… 풀씬 연기가 나면서 재우쳐 땅…….

 죄수는 그러나 첫 한 방에 그대로 길바닥에 가 동그라진다. 같은 순간 버선발로 뛰어 내려간 전주집이 에구머니 비명을 지른다.

 죄수는 백남술에게 박승 한끝을 다시 붙잡혀 일어난다. 길천은 피스톨(권총) 사격의 명인은 아니었다.

 일인에게 빚을 쓰는 것을 왜채倭債라고 하고,

이 젊은 친구는 왜채를 쓰고서 갚지 아니하고, 몸을 피해 다니다가 붙잡힌 사람이었다. 길천은 백남술이가

"이 사람은 논이 몇 마지기가 있고"

하고 조사 보고를 하면, 서슴지 아니하고 왜채를 주곤 한다. 이자도 항용 체계나 장변보다 헐하였다.

빚을 주는 데는 무른 것 같아도, 받는 데는 무서웠다.

기한이 지나기를 기다려, 채무자를 제 집으로 데려다 감금을 하고, 사형私刑으로써 빚 채근을 하였다.

부형이나 처자가 돈을 가지고 와서 빚을 갚는 날까지 감금과 사형을 늦추지 아니하였다.

논문서를 가지고 오는 자리는 '우대'를 하였다. 이자를 탕감하고 본전만 쳐서 논으로 받는 것이었다. 논이 있는 사람은, 돈을 두어두고도 즐거이 논으로 갚고 하였다.

한덕문은 다시 끌려가고 있는 죄수의 뒷모양을 우두커니 바라다보면서

'제엔장, 양반 호랑이도 지질한데, 우환 중에 왜놈 호랑이까지 들어와서 이 등쌀이니, 갈수록 죽어나는 건 만만한 백성뿐이로구나!'

'쯧, 번연히 알면서 왜채를 쓰는 사람이 잘못이지, 누구를 원망하나.'

'참새가 방앗간을 거저 지날까. 이왕 외상술이라도 한잔 먹고 일어설까, 어떡할까?'

이런 생각을 하고 앉았는 차에, 생각잖이, 외기 편으로 아저씨뻘 되는 윤첨시가 퍼뜩 거기에 당도하였다. 윤첨지는 황등장터에서 제 논 섬지기나 지니고 탁신히 사는 농민이었다.

아저씨 웬일이시냐고. 조카 잘 있었더냐고. 항용하는 인사가 끝난 후에, 이 동네 사는 길천이라는 일인이 값을 후히 내고 땅을 사들인다는 소문이 있으니 적실하냐고 아까 한덕문이 전주집더러 묻던 말을 윤첨지가 한덕문더러 물었다.

그렇단다는 한덕문의 대답에, 윤첨지는 이윽고 생각을 하고 있더니 혼잣말같이

"그럼 나두 이왕 궐한테다 팔아야 하겠군"

하다가 한덕문더러

"황등이까지 가서두 살까? 예서 이십 리나 되는데"

하고 묻는다.

"글쎄요…… 건데 논은 어째 파실 영으루?"

"허. 그거 온 참...... 저어 공주 한밭大田서 무안 목포木浦루 철로鐵道가 새루 나는데, 그것이 계룡산鷄龍山 앞을 지나 연산·팥거리(連山·豆溪)루 해서 논메·강경(論山江景)으로 나와가지구, 황등장터를 지나게 된다네그려."

"그런데요?"

"그런데 철로가 난다 치면 그 십 리 안짝은 논을 죄 버리게 된다는거야."

"어째서요?"

"차가 댕기는 바람에 땅이 울려가지구 모를

심어두 뿌릴 제대루 잡지 못 하구 해서, 벼가 자라질 못한다네그려!"

"무슨 그럴 리가……."

"건 조카가 속을 몰라 하는 소리지. 속을 몰라 하는 소린 것이, 나두 작년 정월에 공주 한밭엘 갔다, 그놈 차가 철로 위루 달리는 걸 구경했지만, 아 그 쇳덩이루 만든 집채더미 같은 시꺼먼 수레가 찻길 위루 벼락 치듯 달리는데, 땅바닥이 사뭇 움죽음죽 하드라니깐! 여승 지동地震이야…… 그러니, 땅이 그렇게 지동하듯 사철 들이 울리니, 근처 논의 모가 뿌리를 잡을 것이며, 자라기를 할 것인가?"

듣고 보니 미상 불근리한 말이었다.

"몰랐으면이어니와, 알구두 그대루 있겠던가? 그래 좀 덜 받더래두 팔아넘길 영으로 하구 있는데, 소문을 들으니 길천이라는 손이 요새 값을 시세보담 갑절씩이나 내구 논을 산다데나그려. 정녕 그렇다면 철로 조간이 아니라두 팔아가지구 딴 데루 가서 판 논 갑절 되는 논을 장만함 직두 한 노릇인데, 항차……"

"철로가 그렇게 난다는 건 아주 적실한가요?"

"말끔 다 칙량을 하구, 말뚝을 박아놓구 한 걸…… 황등장터 그 일판은 그래, 논들을 못 팔아 난리가 났다니까."

3

일인 길천이에게 일곱 마지기 논을 일백마흔 냥(28원)에 판 것과, 그 중 쉰 냥(10원)은 빚을 갚은 것, 이것까지는 한덕문의 예산대로 되었다.

그러나 나머지 아흔 냥(18원)으로 판 논 일곱 마지기보다 토리가 못하지 아니한 논으로 두 마지기가 더한 아홉 마지기를 삼으로써 빚 쉰 냥은 공으로 갚고, 그러고도 논이 두 마지기가 붙게 된다던 것은 완전히 허사가 되고 말았다.

아무도 한덕문에게 상답 한 마지기를 열 냥씩에 팔려는 사람은 없었다. 이왕 일인 길천이에게 팔면 그 갑절 스무 냥씩을 받는고로 말이었다. 필경 돈 아흔 냥은 한덕문의 수중에서 한 반년 동안 구르는 동안 스실사실 다 없어지고 말았다.

이리하여 한덕문은 논 일곱 마지기로 겨우 빚 쉰 냥을 갚고는, 아무것도 남은 것이 없이 손 싹싹 털고 나선 셈이었다.

친구가 있어 한덕문을 책하면서 물었다.

"이떡허자구 논을 판단 말인가?"

"인제 두구 보게나."

"무얼 두구 보아?"

"일인들이 다 쫓겨가면, 그 땅 도로 내 것 되지 갈 데 있던가?"

"쫓겨갈 놈이 논을 사겠나?"

"저이놈들이 천지 운수를 안다든가?"

"자네는 아나?"

"두구 보래두 그래."

한덕문은 혼자 속으로 아뿔싸, 논이라야 단지 그것뿐인 것을 팔고서, 인제는 송곳 꽂을 땅도 없으니 이 노릇을 어찌한단 말이냐고, 심히 후회하여 마지않았다.

그러면서도 남더러는 그렇게 배포 있어 장담을 탕탕 하였다.

한덕문은 장차에 일인들이 쫓겨가리라는 것을 확언할 아무런 근거도 가진 것이 없었다. 따라서 자신도 없었다. 오직 그는 논을 판 명예롭지 못함과 어리석음을 싸기 위하여, 그런 희떠운 소리를 한 것일 따름이었다.

한덕문이, 일인들이 다 쫓겨가면 그 논이 도로 제 것이 될 터이라서 논을 팔았다고 한다더라, 이 소문이 한 입 두 입 퍼지자, 듣는 사람마다 그의 희떠움을, 혹은 실없음을 웃었다.

하는 양을 보느라고 위정

"자네 논 팔았다면서?"

한다 치면,

"팔았지."

"어째서?"

"돈이 좀 아쉬어서."

"돈이 아쉽다구 논을 팔구서 어떡허자구?"

"일인들이 다 쫓겨가면 그 논 도루 내 것 되지 갈 데 있나?"

"일인들이 쫓겨간다든가?"

"그럼 백년 살까?"

또 누구는 수작을 바꾸어

"일인들이 쫓겨간다지?"

한다 치면,

"그럼!"

"언제쯤 쫓겨가는구?"

"건 쫓겨가는 때 보아야 알지."

"에구 요 맹추야. 요 허풍선이야. 우리나라 상감님을 쫓어내구 저이가 왕 노릇을 하는데 쫓겨가?"

"자넨 그럼 일인들이 안 쫓겨가구, 영영 그대루 있으면 좋을 건 무언가?"

"좋기루 할 말이야 일러 무얼 하겠나만, 우리 좋구푼 대루 세상일이 돼준다던가?"

"그래두 인제 내 말을 일를 때가 오느니."

"괜히, 논 팔구섬 할 말 없거들랑, 국으로 잠자꾸 가만히나 있어요."

"체에. 내 논 내가 팔아먹는데, 죄 될 일 있니?"

"걸 누가 죄라니."

"길천이한테 논 팔아먹은 놈이 한덕문이 하나뿐인감?"

"누가 논 판 걸 나무래? 희떤 장담을 하니깐 그리는 거지."

"희떤 장담인지 아닌지 두구 보잔 말야."

이로부터 한덕문은 그 말로 인하여 마을과 인근에서 아주 호가 났고, 어느 결을인지 그것이 한 속담까지 되었다. 가령 어떤 엉뚱한 계획을 세운다든지 허랑한 일을 시작하여놓고서는, 천연스럽게 성공을 자신한다든지, 결과를 기다린다든지 하는 사람이 있다 치면

"흥, 한덕문이 길천이게다 논 팔아먹던 대 났구나."

하고 비웃곤 하는 것이었다.

그후 그 속담은, 35년을 두고 전하여 내려왔다. 전하여 내려올 뿐만이 아니었다. 일본 제국주의의 조선에 있어서의 지반이 해가 갈수록 완구한 것이 되어감을 따라 더욱이 만주사변 때부터 시작하여 중일전쟁을 거쳐 대평양전쟁으로 일이 거창하게 벌어진 결과, 전쟁 수단으로서 조선의 가치는 안으로 밖으로, 적극적으로 소극적으로, 나날이 더 커감을 좇아, 일본이 조선에다 박은 뿌리는 더욱 깊이 뻗어 들어가고, 가지와 잎은 더욱 무성하여서, 일본이 조선으로부터 물러간다는 것은 독립과 한가지로 나날이 더 잠꼬대 같은 생각이던 것처럼 되어버려감을 따라, 그

래서 한덕문의 장담하던 '일인들이 다 쫓겨가면 ……' 이 말이, 해가 가고 날이 갈수록 속절없이 무색하여감을 따라, 그와 반비례하여, 그 말의 속담으로서의 가치와 효과만이 멸하지 않고 찬란히 빛을 내었다.

바로 8월 14일까지도 그러하였다. 8월 14일까지도,

"흥 한덕문이 길천이한테 논 팔아먹던 대 났구나."

는 당당히 행세를 하였다.

그랬던 것이, 8월 15일에 일본이 항복을 하고, 조선은 독립(실상은 우선 해방)이 되고 하였다. 그리고 며칠 아니하여 "일인들이 토지와 그밖 온갖 재산을 죄다 그대로 내놓고 보따리 하나에 몸만 쫓겨가게 되었다"는 데까지 이르렀다.

한생원(한덕문)의

"일인들이 다 쫓겨가면……"

은 이리하여 부득불 빛이 환해지고 반대로

"한덕문이 길천이한테 논 팔아먹던 대 났구나"

는 그만 얼굴이 벌게서 납작하고 말 수밖에 없었다.

4

"여보슈 송생원?"

한생원이 허연 탑삭부리에 묻힌 쪼글쪼글한 얼굴이 위아래 다섯 대밖에 안 남은 누런 이빨과 함께 흐물흐물 지 꾸민 웃어지는 웃음을 언제까지고 거두지 못하면서, 그러다 별안간 송생원의 팔을 잡아 흔들면서 아주 긴하게

"우리 독립만세 한번 부르실까?"

"남 다아 부르고 난 댐에, 건 불러 무얼 허우?"

송생원은 한생원과 달라 길천이한테 팔아먹은 논도 없으려니와, 따라서 일인들이 쫓겨가더

라도 도로 찾을 논도 없었다.

"송생원, 접때 마을에서 만세를 부를 제, 나가 부르셨던가?"

"난 그날, 허리가 아파 꼼짝 못 하구 누었었는걸."

"나두 그날 고만 못 불렀어."

"아따 못 불렀으면 못 불렀지, 늙은것들이 만세 좀 아니 불렀기루 귀양살이 보내겠수?"

"난 그래두 좀 섭섭해 그랬지요…… 그럼 송생원 우리 술 한잔 자실까?"

"술이나 한잔 사주신다면."

"주막으로 나갑시다."

두 늙은이가 지팡이를 짚고 마을에 단 한 집밖에 없는 주막으로 나갔다.

"에구머니, 독립두 되구 볼 거야. 영감님들이 술을 다 자시러 오시구."

20년이나 여기서 주막을 하느라고, 인제는 중늙은이가 된 주모 판쇠네가, 손님을 환영이라기보다 다뿍 걱정스러워한다.

"미리서 외상인 줄이나 알구, 술 좀 주게나."

한생원이 그러면서 술청으로 들어가 앉는 것을, 송생원도 따라 들어가 앉으면서 주모더러

"외상 두둑이 드리게. 수가 나섰다네."

"독립되는 운덤에 어느 고을 원님이나 한자리 해 가시는감?"

"원님을 걸 누가 성가시게, 흐흐……."

한생원은 그러다 다시

"거, 안주가 무어 좀 있나?"

"안주 두 벤벤찮구 술두 믹걸린 없구, 소주뿐인걸, 노인네들이 소주 잡숫구 어떡하시게."

"아따 오줌은 우리가 아니 싸리."

젊었을 적에는 동이술을 사양치 아니하던 영감들이었다. 그러나 둘이가 다 내일모레가 칠십. 더구나 자주자주는 술을 입에 대지 않던 차에, 싱겁다고는 하지만 소주를 7, 8잔씩이나 하였으니 과음일 수밖에 없었다.

송생원은 그대로 술청에 쓰러져 과연 소변을 지리기까지 하였다.

한생원은 송생원보다는 아직 기운이 조금은 좋은 덕에, 정신을 놓거나 몸을 가누지 못 할 지경은 아니었다.

"우리 논을 좀 보러 가야지, 우리 논을. 서른다섯 해 만에, 우리 논을 보러 간단 말야, 흐흐흐."

비틀거리면서 한생원은 술청으로부터 나온다.

주모 판쇠네가 성화가 나서

"방으루 들어가 누섰다, 술 깨신 댐에 가세요. 노인네들 술 드렸다구 날 또 욕허게 됐구면."

"논 보러 가, 논. 길천이게다 판 우리 논. 흐흐흐. 서른다섯 해만에 도루 찾은, 우리 일곱 마지기 논, 흐흐흐."

"글쎄 논은 이 댐에 보러 가시면 어디 가요?"

"날, 희떤 소리 한다구들 웃었지. 미친놈이라

구 웃었지, 들. 흐흐흐. 서른다섯 해 만에 내 말이 들어맞일 줄을 누가 알었어? 흐흐흐."

말은 혀 꼬부라진 소리로, 몸은 위태로이 비틀거리면서, 한생원은 지팡이를 휘젓고 밖으로 나간다. 나가다 동네 젊은 사람과 마주쳤다.

"아 한생원 웬일이세요?"

"논 보러 간다, 논. 흐흐흐. 너두 이 녀석, 한덕문이 길천이한테 논 팔아먹던 대 났구나, 그런 소리 더러 했었지? 인제두 그런 소리가 나오까?"

"취하셨군요."

"나, 외상술 먹었지. 논 찾았은깐 또 팔아서 술값 갚으면 고만이지. 그럼 한 서른다섯 해 만에 또 내 것 되겠지, 흐흐흐. 그렇지만 인전 안팔지, 안 팔아. 우리 용길이놈 물려줘여지, 우리 용길이놈."

"참, 용길이 요새 있죠?"

"있지. 길천이한테 팔아먹었을까?"

"저, 읍내 사는 영남이가 산판 하날 사서 벌

목을 하는데, 이 동네 사람들더러 와 남구 비어주구, 그 대신 우죽 가져가라구 하니, 용길이두 며칠 보내서 땔나무나 좀 장만하시죠."

"걸 누가…… 논을 도루 찾았는데."

"논만 찾으면 땔나문 없어두 사시나요?"

"논두 없어두 서른다섯 해나 살지 않았느냐?"

"허허 참. 그러지 마시구 며칠 보내세요. 어서서 다 비어버려야 할 텐데, 도무지 사람을 못 구해 그러니, 절더러 부디 그럭허두룩 서둘러달라구, 영남이가 여간만 부탁을 해싸여죠. 아, 바루 동네서 가찹겠다, 져 나르기 수얼하구…… 요 위 가잿골 있는 길천농장 멧갓이래요."

"무어?"

한생원은 별안간 정신이 번쩍 나면서 대어든다.

"가잿골 있는 길천농장 멧갓이라구?"

"네."

"네라니? 그 멧갓이…… 가마안자, 아니, 그 멧갓이 뉘 멧갓이길래?"

"길천농장 멧갓 아녜요? 걸, 영남이가 일인들이 이번에 거들이 나는 바람에 농장 산림감독 하던 강서방한테 샀대요."

"하. 이런 도적놈들. 이런 천하 불한당놈들. 그래, 지끔두 벌목을 하구 있더냐?"

"오늘버틈 시작했다나봐요."

"하, 이런 천하 날불한당놈들이."

한생원은 천방지축으로 가잿골을 향하여 비틀걸음을 친다.

솔은 잘 자라지 않고, 개간하여 밭을 만들자 하니 힘이 부치고 하여, 이름만 멧갓이지, 있으나 마나 한 멧갓 한 자리가 있었다. 한 3천 평 될까 말까. 그다지 크지도 못한 것이었다.

이 멧갓을 한생원은 길천이에게 논을 팔던 이듬해인지 그 이듬해인지, 돈은 아쉽고 한 판에, 또 한 어수룩이 비싼 값으로 팔아넘겼다.

길천은 그 멧갓에다 낙엽송을 심어, 30여 년이 지난 지금 와서는 아주 한다 하는 산림이 되었다.

늙은이의 총기요, 논을 도로 찾게 되었다는 것에만 정신이 팔려, 깜빡 멧갓 생각은 미처 아직 못하였던 모양이었다.

마침 전신주감의 쪽쪽 곧은 낙엽송이 총총 들이 섰다. 베기에 아까워 보이는 나무였다.

한 서넛이나가 한편에서부터 깡그리 베어 눕히고, 일변 우죽을 치고 한다.

"이놈, 이 불한당들. 이 멧갓 벌목한다는 놈이 어떤 놈이냐?"

비틀거리면서 고함을 치고 쫓아오는 한생원을, 사람들은 영문을 몰라 일하던 손을 멈추고 뻔히 바라다보고 섰다.

"이놈 너루구나?"

한생원은 영남이라는 읍내사람 벌목 주인 앞으로 달려들면서, 한 대 갈길 듯이 지팡이를 둘러멘다.

명색이 읍사람이라서, 촌 농투성이에게 무단히 해거를 당하면서 공수하거나 늙은이 대접을 하려고는 않는다.

"아니, 이 늙은이가 환장을 했나? 왜 그러는 거야 왜."

"이놈. 네가 왜, 이 멧갓을 손을 대느냐?"

"무슨 상관여?"

"어째 이놈아 상관이 없느냐?"

"뉘 멧갓이길래?"

"내 멧갓이다. 한덕문이 멧갓이다. 이놈아."

"허허, 내 별꼴 다 보니. 괜시리 술잔 든질렀거들랑, 고히 삭히진 아녀구서, 나이깨 먹은 것이, 왜 남 일하는 데 와서 이 행악야 행악이. 늙은인 다리뼉다구 부러지지 말란 법 있나?"

"오냐! 이놈. 날 죽여라. 너구 나구 죽자."

"대체 내력을 말을 해요. 무엇 때문에 이 야론지, 내력을 말을 해요."

"이 멧갓이 그새까진 길천이 것이라두, 조선이 독립됐은깐 인전 내것이란 말야, 이놈아."

"조선이 독립이 됐는데, 어째 길천이 멧갓이 한덕문이 것이 되는구?"

"길천인, 일인들은, 땅을 죄다 내놓구 간깐, 그전 임자가 도루 차지하는 게 옳지, 무슨 말이냐?"

"오오, 이녁이 이 멧갓을 전에 길천이한테다 팔았다?"

"그래서."

"그랬으니깐, 일인들이 땅을 다 내놓구 가니깐, 이녁은 팔았던 땅을 공짜루 도루 차지하겠다?"

"그래서."

"그 개 뭣 같은 소리 인전 엔간치 해두구, 어서 없어져버려요. 난 뻐젓이 길천농장 산림관리인 강태식이한테 시퍼런 돈 이천 환 주구서 계약서 받구 샀어요. 강태식인 길천이가 해준 위임장

가지구 팔구. 돈 내구 산 사람이 임자지, 저 옛날 돈 받구 팔아먹은 사람이 임잘까?"

8·15 직후, 낡은 법이 없어지고 새로운 영이 서기 전, 혼란한 틈을 타서, 잇속에 눈이 밝은 무리들이 일본인 농장이나 회사의 관리자와 부동이 되어가지고, 일인의 재산을 부당처분하여 배를 불린 일이 허다하였다. 이 산판 사건도 그런 것의 하나였다.

5

그 뒤 훨씬 지나서.

일인의 재산을 조선사람에게 판다, 이런 소문이 들렸다.

사실이라고 한다면 한생원은 그 논 일곱 마지기를 돈을 내고 사지 않고서는 도로 차지할 수가 없을 판이었다. 물론 한생원에게는 그런 재력이 없거니와, 도대체 전의 임자가 있는데, 그것을 아무나에게 판다는 것이 한생원으로 보기에는 불합리한 처사였다.

한생원은 분이 나서 두 주먹을 쥐고 구장에게로 쫓아갔다.

"그래 일인들이 죄다 내놓구 가는 것을, 백성들더러 돈을 내구 사라구 마련을 했다면서?"

"아직 자세힌 모르겠어두, 아마 그렇게 되기가 쉬우리라구들 하드군요."

해방 후에 새로 난 구장의 대답이었다.

"그런 놈의 법이 어딨단 말인가? 그래, 누가 그렇게 마련을 했는구?"

"나라에서 그랬을 테죠."

"나라?"

"우리 조선 나라요."

"나라가 다 무어 말라비틀어진 거야? 나라 명색이 내게 무얼 해준 게있길래, 이번엔 일인이 내놓구 가는 내 땅을 저이가 팔아먹으려구 들어? 그게 나라야?"

"일인의 재산이 우리 조선 나라 재산이 되는 거야 당연한 일이죠."

"당연?"

"그렇죠."

"흥, 가만둬두면 저절로, 백성의 것이 될 걸, 나라 명색은 가만히 앉았다, 어디서 툭 튀어나와 가지구, 걸 뺏어서 팔아먹어? 그따위 행사가 어딨다든가?"

"한생원은 그 논이랑 멧갓이랑 길천이한테 돈을 받구 파셨으니깐 임자로 말하면 길천이지 한생원인가요?"

"암만 팔았어두, 길천이가 내놓구 쫓겨갔은깐, 도루 내 것이 돼야 옳지, 무슨 말야. 걸, 무슨 탁에 나라가 뺏을 영으로 들어?"

"한생원한테 뺏는 게 아니라, 길천이한테 뺏는 거랍니다."

"흥, 둘러다 대긴 잘들 허이. 공동묘지 가보게나. 핑계 없는 무덤 있던가? 저 병신년에 원놈郡

수 김 가가 우리 논 열두 마지기 뺏을 제두 핑곌다 있었드라네."

"좌우간, 아직 그렇게 지레 염렬 하실 게 아니라, 기대리구 있느라면 나라에서 다 억울치 않두룩 처단을 하겠죠."

"일없네. 난 오늘버틈 도루 나라 없는 백성이네. 제길 삼십육 년두 나라 없이 살아왔을려드냐. 아니 글쎄, 나라가 있으면 백성한테 무얼 좀 고마운 노릇을 해주어야, 백성두 나라를 믿구, 나라에다 마음을 붙이구 살지. 독립이 됐다면서 고작 그래, 백성이 차지할 땅 뺏어서 팔아먹는게 나라 명색야?"

그러고는 털고 일어서면서 혼잣말로

"독립됐다구 했을 제, 내, 만세 안 부르기, 잘 했지."

쑥국새

1

왼편은 나무 한그루 없이 보이느니 무덤들만 다닥다닥 박혀 있는 잔디 벌판이 빗밋이 산발을 타고 올라간 공동묘지.

바른편은 누르붉은 사석이 흉하게 드러난 못생긴 왜송이 듬성듬성 눌러붙은 산비탈.

이 사이를 좁다란 산협 소로가 고불고불 깔끄막져서 높다랗게 고개를 넘어갔다.

소복이 자란 길옆의 풀숲으로 입하立夏 지난 햇빛이 맑게 드리웠다. 풀포기 군데군데 간드러진 제비꽃이 고개를 들고 섰다. 제비꽃은 자주빛, 눈곱만씩 한 괭이밥꽃은 노랗다. 하얀 무릇꽃도 한창이다. 대황도꽃만은 곱다.

할미꽃은 다 늦게야 허리를 펴고 흰 머리털을 날린다.

구름이 지나가느라고 그늘이 한때 덮였다가 도로 밝아진다. 솔푸덕에서 놀란 꿩이 잘겁하게 울고 날아간다.

미럭쇠는 이 경사 급한 깔끄막길을 무거운 나뭇짐에 눌려 끙끙 어렵사리 올라가고 있다.

꾀는 없고 욕심만 많아, 마침 또 지난 장에 세로 벼려온 곡괭이가 알심있이 손에 맞겠다. 한데 산림간수한테 오기는 있어, 들키면 경을 치기는 매일반이라서 들이닥치는 대로 철쭉 등걸이야 진달래 등걸이야 소나무 등걸이야 더러는 멀쩡한 옹근 솔까지 마구 작살을 낸 것이, 해놓고 보니 필경 짐에 넘치는 것을 제 기운만 믿고 짊어진 것까지는 좋았으나, 산에서 내려오면서는 몇 번이고 앞으로 꼬꾸라질 뻔했고 시방 이 길을 올라가는 데도 여간만 된 게 아니다.

게다가 사월의 긴긴 해에 한낮이 훨씬 겨워거진 새때나 되었으니 안먹은 점심이 시장하기까지 하다.

끙끙 힘을 쓰는 소리에 지게가 삐이득삐이득, 지게 밑에 매달린 밥 바구니가 다그닥다그닥 서로 궁상맞게 대답을 한다.

중간에 한 번이나 두 번은 쉬었어야 할 것이지만, 고집이 그대로 떠받고 올라간다. 지게 밑으로 통통하니 알이 밴 새까만 두 다리가 퇴육살이 불끈불끈 터지기라도 할 것 같다.

고개 마루턱에 겨우겨우 올라서자 휘유 획 쟁그랍게 숨을 몰아 내쉬면서 한옆으로 나뭇지게를 받쳐놓고 일어선다.

"작것이! 나는 저 때문에 이렇기……."

미럭쇠는 공동묘지께를 힐끔 돌려다보고는 두런두런, 허리의 수건을 뽑아 땀 흐르는 얼굴을 쓱쓱 씻는다.

"……. 존 질루(길로) 펀허게 갈 것두 이렇게 고생허는디…… 작것이!"

시원한 바람이 한아름 고개 너머로 몰려든다. 바라다보이는 고개 밑은 또 하나 산이 가렸고 그놈을 넘어서 오릿길을 가야 집이다.

미럭쇠는 웬만큼 땀을 들인 뒤에 지게 밑에서 밥 바구니를 떼어, 뒷짐져 들고 어슬렁어슬렁 공동묘지로 걸어간다. 할미꽃 터럭이 눈 날리듯 허옇게 덮여 날린다.

공동묘지는 풀도 바스락 소리 않고 대낮이 밤처럼 조용하다.

여새겨 찾지 않아도 저편 산 밑으로 치우쳐 외따로 있는 게 아내의 무덤이다. 아직 잔디가 뿌리를 못 잡아 까칠하고, 뗏장과 뗏장 사이로는 검붉은 황토가 비죽비죽 비어져 나온다.

무덤 한옆으로 먹 자죽이 선명하게

密陽 朴氏之墓

라고 쓴 말뚝이 섰다. 한편 짝에는 다시

戊寅 四月二日

이라는 날짜를 썼다.

미럭쇠는 읽을 줄도 모르면서 말뚝을 한참이나 들여다보다가 그담에는 무덤을 한 바퀴 돈다.

뗏장도 벗겨진 데는 없고 구멍도 나지 않고 별일 없다.

한 바퀴 둘러보고 나서는 무덤 앞에다가 밥 바구니를 열고 숟갈을 꽂아 고여놓는다. 밥이래야 뉘와 피가 절반이나 섞인 현미 싸라기밥, 한옆으로 짠무김치를 몇 쪽 덧들인 것뿐이다.

"처먹어라…… 너 생각허구서 배고픈 것두 안 먹구 애꼈다가 갖구 왔다!"

마치 산 사람한테 이야기하듯 중얼거린다.

밥 바구니를 고여놓아주고, 운감하기를 기다리면서 멀거니 앞을 바라보고 앉아 한눈을 판다.

앞은 산 밑에서부터 훤하니 퍼져나간 들판, 들판이 다다른 곳에는 암암한 먼 산이 그림 같다. 들 가운데 조그마한 산모퉁이를 지나 기차가 장난감같이 아물아물 기어간다.

미럭쇠는 넋을 잃은 듯 손으로 잔디풀을 똑똑 뜯고 앉았는 동안 어느결에 눈에는 눈물이 글썽글썽한다.

"작것이 왜 죽어삐 어! …… 가만히 있으면 갠찮얼 틴디…… 방정맞게 왜 죽어삐리여! 작것이!"

목멘 소리로 두런두런, 주먹을 들어다가 눈물을 씻는다.

2

바로 지나간 삼월 초생이었다.

미럭쇠가 논에 두엄을 져내다가 점심을 먹으러 오는 길인데, 동리 우물의 동청나무 울타리 뒤에서 점례가 해뜩해뜩, 무슨 말을 하고 싶은 눈치로 웃고 섰다.

"너 이 가시내, 왜 날 보구 웃냐?"

"망할 년의 자식이네! 이년의 자식아. 내 이름이 가시내냐?"

"너 이 가시내, 날만 보머넌 중둥이 시어서 해룽해룽허지?"

"애걔걔! 참 내 벨꼴 다 보겄네!……"

말로는 시뻐해도 속으로는 분명 아픈 자리를 건드렸던 것이다.

"…… 이년의 자식아, 내가 저 화상이 그리 좋아서? …… 아나 옜다!"

"이 가시내야, 너 암만 그리두 네까짓 건 일 단다!"

"흥! 누구는 일 있다는디? 아이구 귀역질이 마구 나오네! …… 저꼴에 그리두 새말 납순이한테 반하였다지? 참 똥싼 주제에 매화타령 허네!"

"이년의 가시내, 주둥이를 찢어놀라! 내가 납순이한티 반했으니 네게 무슨 상관이여? 이년의 가시내!"

미럭쇠는 슬그머니 골이 나서 커다란 눈방울을 부라린다. 그러나 점례는 조금도 무서워하질 않는다.

"이년의 자식아. 누가 상관헌다냐? …… 그렇지만 되렌님! 속 좀 채리세유! 납순이한티는 암만 반히서 침을 지일질 흘리구 댕겨두 헛다방입니다요."

"걱정 말어. 이 가시내야……."

"닭 쫓던 강아지는 지붕이나 치어다보지! 종수허구 죽자 사자 허는 납순이한티 저 혼지 반헌 저 화상은 무얼 치어볼랑고?"

"이 가시내야, 그짓말허먼 호랭이가 물어간다!"

"미안허시겠네! 오널두 납순이는 취 뜯으러 간다구 건너와서 뒷산으루 올라가구, 종수는 나무허러 가는 체 어실렁실렁 뒤따러갔답니다요 …… 어떠냐? 헤쩍허지? 미이."

"참말이냐?"

"흥! 인제는 아쉽지? …… 몰라 몰라!"

점례는 싹 돌아서서 두레박질을 시이시한다.

"빌어먹을 놈의 가시내! 샘에나 퐁당 빠져 죽어라!"

미럭쇠는 내뱉으면서 흐느적흐느적 걸어간다. 걸어가면서 생각이다. 점례 가시내가 노상 거짓말은 아니구 종수 자식이 워너니 눈치가 수상하기는 수상했어!

그러니 그놈의 새끼한테 납순이를 뺏기구 만담?

내가 요만할 적부터 내 걸로 맡아두었는데다 자란 뒤에 뺏겨!

사람이 화가 나서 살 수가 있나!

하기는 종수 자식이 나보다 얼굴이 밴조고롬하니 이쁘기는 이쁘겠다? 그거 원 참!……

미럭쇠는 귀주머니에서 동강난 거울 조각을 꺼내 들고 제 얼굴을 들여다본다.

넉가래로 푹 찌른 것처럼 가로 째진 입, 길바닥에 떨어진 쇠똥같이 지질펀펀한 코, 왕방울 같은 눈, 좁디좁은 이마, 부룩송아지 대가리처럼 노란 머리터럭이 곱슬곱슬 자지러붙은 대가리 등속.

미상불 제가 보아도 그다지 출 수는 없는 인물이다.

제엔장맞을! 워너니 이 화상을 누가 좋아한담! 눈깔이 삔 점례 가시내나 진짜로 반해서 그 지랄이지.

원 어쩌면 요렇게 빌어먹게 갖다가 만들어놓더람!

가만있자. 이게 우리 어머니 아버지 잘못이겠다? 옳아! 아버지는 죽었으니 할 수 없고, 어머니를 졸라야지.

아 그래도 내가 기운은 세고, 또 사내자식이 머 인물 뜯어먹고 사나?

빌어먹을 것, 들이대본다…… 눈 멀뚱멀뚱

뜨고서 뺏겨?……

미럭쇠는 허둥지둥 집으로 달려들더니 저의 모친더러, 시방 얼른 새말 납순네 집에 건너가서 혼인하자는 말을 하라고, 만일 납순이한테 장가를 못 가는 날이면 목을 매달고 죽는다고, 어머니가 나를 이렇게 못나게 낳아놓았으니까 그 대신 꼭 납순이한테 장가를 들여주어야 한다고, 마치 미친놈 날뛰듯 주워섬기고서는 도로 부리나케 뒷산으로 올라간다.

온 산을 다 매고 다니던 끝에 으슥한 골짜구니의 양지바른 언덕 밑에서 둘이 나란히 누워 있는 종수와 납순이를 찾아냈다.

납순이는 질겁하게 놀라 달아나고, 그러나 저만치 가 서서 거취를 보고 있고, 종수는 여느 때 같으면 눈만 부릅떠도 비실비실 피하던 것이, 오늘은 눈살이 팽팽해가지고 아기똥하니 버티고 서서 있다. 미럭쇠는 그놈에 비위가 더 상했다.

"너 이놈의 새끼!"

미럭쇠는 눈을 불근불근 그 잘난 코를 벌씸벌씸, 내리 으깨어버릴 듯이 바싹 다가선다.

"그리서?"

말소리며 몸은 떨려도 종수의 대답은 다구지다.

"아, 요것 보게!"

"왜? 어찌서 그리여? 늬가 무슨 상관이여?"

"왜 상관이 읎어? 내가 맡아논 지집애를 늬가 왜 건디려? 그리두 상관이 읎어?"

"머 밭두덕의 개똥찪이더냐? 맡어놓구 어쩌구 허게? 그녀러 자식, 생긴 것허구 넉살두 좋네!"

"아, 요년의 새끼가!……"

말로는 암만해야 달리고, 미럭쇠는 종수의 멱살을 움켜쥔다. 실상 진작에 그럴 것이었다.

종수도 마주 멱살을 잡는다.

"그리여? 어찌여?"

"요, 싹둥머리 읎는 놈의 새끼! 사알살 돌아댕기면서 남의 집 지집애나 바람맞히구! …… 죽어봐!"

와락 잡아낚는데 종수는 휘둘리면서도

"웬 상관이여? 내가 늬미를 후려냈더냐? 늬 할미를 후려냈더냐?"

고 입은 끄은히 놀린다.

그러나 그 말이 떨어지기 전에 둘이는 어우러져 뒹군다.

말은 없고 잠시 동안 식식거리면서 엎치락뒤치락했지만, 악으로 덤빈 종수는 다 같은 스물한 살배기 장정이라도 미럭쇠의 황소 같은 힘을 당해내는 수가 없었다.

미럭쇠는 종수의 배를 타고 앉아서 주먹으로 가슴패기를 짓찧는다.

"요놈의 새끼, 다시두?"

"오냐, 헐 대루 히여라!"

"요것이 그리두 산소리여!"

미럭쇠는 종수의 목을 내리누른다. 종수는 캑캑, 눈을 헤번덕헤번덕 얼굴에 푸른 핏대가 선다.

그러자 마침 그때다. 등 뒤에서 작대기가 딱 하더니 미럭쇠의 정수리를 보기 좋게 후려갈긴다.

"아이쿠!"

미럭쇠는 정신이 아찔해서 앞으로 넙치려구 하는데 재우쳐 한 번 더 딱 내리갈긴다.

미럭쇠는 그대로 정신을 놓고 쓰러지고 납순이는 달려들어 종수의 손목을 잡아 일으켜기지고 달아난다.

3

납순네는 계집애가 못된 종수 녀석과 좋잖은 소문을 퍼뜨리고 다니는참이라 걱정을 하던 판에, 청혼을 하니까 마침 좋다고 납채 30원에

선뜻 혼인을 승낙했다.

    미럭쇠네는 작년에 저의 부친이 제 장가 밑천으로 장만해놓고 죽은 송아지가 중소나 된 것을 50원에 팔고, 또 양돼지 새끼 여섯 마리를 30원에 팔고 해서 납채 30원을 보내고 나머지 50원으로 혼인을 치렀다.

    그게 바로 미럭쇠가 납순이한테 작대기를 맞던 날부터 겨우 열흘 만이다.

    혼인을 한 첫날밤.

    미럭쇠는 달리느라고 맞은 발바닥이 아파 절름절름 신방으로 들어온다. 생전 처음으로 촛불이 환하니 켜져 있는 신방에는 불보다 더 환하게 연지 찍고 곤지 찍고 분단장한 신부 납순이가 소곳하니 앉아 있다.

    미럭쇠는 가뜩이나 큰 입이 귀밑까지 째져, 느긋해라고 한참이나 웃고 섰다가 신부 앞에 가서 털썩 주저앉는다.

    "히히, 작것, 늬가 작대기루 날 때렸지?"

납순이는 마치 눈이 오려는 겨울날처럼 새촘해서 눈을 아래로 내리깔고 눈썹 한 개도 까딱 않는다.

"그때 혼났다 야! …… 원 그렇기두 사정 이때린단 말이냐? 히히."

"……"

"그리두 나는 늬가 이뻐서 이렇기 네한티루 장개를 가잖었냐? 그렇지? 히히히히."

"……"

"그러닝개루……"

미럭쇠는 납순이의 두 손을 덥석 쥔다.

그 손은 얼음같이 찼다.

"…… 너두 그전 일을 죄다 잊어뻐리구서 인제버텀은 우리 각시닝개루, 응? 내 말 잘 듣구 그리라. 응?"

이렇게 첫날밤은 지냈다.

미럭쇠는 노염이 다 풀려서 이제는 종수를 죽이지 않는다고 말을 냈고, 그래서 종수는 며칠만에 도로 동네로 돌아왔고, 납순이는 그대로 까딱없이 눈 오려는 겨울날처럼 새촘한 채 그날 그날을 보내고.

그리한 지 보름이 되는 어느 날 석양.

미럭쇠가 등 너머 봄보리밭에 소매小便肥料를 져내고 있노라니까, 난데없이 점례가 미럭쇠, 미럭쇠, 불러대면서 헐레벌떡 달려오고 있었다.

미럭쇠는 웬일인지 가슴이 서늘해서 밭두둑으로 나오는데 점례는 가빠하는 체하고 쓰러질 듯 팔에 가 매달린다.

"저어……"

"왜 그리여?"

"저어, 시방 오다가 어머니더러두 일러주었어……"

"무얼?"

"저어, 납순이가아……"

"납순이가……"

"내가 망을 보닝개루우……"

"그리서?"

"종수가아……?"

"종수가아……."

"응, 종수허구우, 납순이허구우, 방으루우……."

"멋?"

미럭쇠는 점례를 떠다박지르고 소처럼 내리뜬다.

등을 넘어서자 이녀언 이년, 모친의 게목 지르는 소리가 들린다.

단걸음에 사립문 안으로 들어서는데, 모친은 납순이의 머리채를 감아쥐고 마당 가운데서 이리저리 개 끌듯 끌어 동댕이를 치고 있다. 조그마한 보따리가 한편으로 굴러져 있다.

"어서 오니라……."

노파는 더욱 기광이 나서 허덕허덕 들렌다

"……이년이, 이년이 대낮에 응…… 대낮에 그러구서…… 그러구서두 그놈허구 도망을 갈라구 보따리를 싸구…… 이년! 이 찢어 죽일 년!"

미럭쇠는 잡아먹을 듯 험한 얼굴을 휘휘 두르다가 토방으로 우르르, 절굿공이를 집어 들고 납순이에게로 달려든다.

"이년을!"

방아 찧듯 절굿공이 번쩍 쳐들어, 단번에 골통에 칵 내리 바수려는 순간, 납순이와 딱 눈이 마주친다. 그것은 미럭쇠 제가 이뻐하는 납순이의 얼굴, 마주 말끄러미 올려다보는 그 눈이 어떻게도 액색한지 그만 눈물이 날 것 같았다.

"퍽."

내리치는 절굿공이에 애매하게시리 굳은 마당 바닥이 움푹 팬다.

"이년을 이렇게 쳐 죽일 참인디…… 가만있자……."

미럭쇠는 절굿공이를 내던지고 허둥지둥 둘러본다.

"이놈은? 이놈허구 한티다가 묶어놓구서 한

꺼번에 놈년을 쳐죽여야 헐틴디이……. 놈을 잡어와야지, 이놈을……. 어머니! 그년 놓치지 말구 꼭 붙들구 있수……. 내 이놈마저 잡어갖구 올 티닝개루……."

이르고는 쭈르르 사립문께로 달려 나간다. 사립문 밖에서는 동리 아이들이 진을 치고 구경을 하다가 양편으로 꽉 길을 터준다.

점례가 마침 배슥이 웃고 서서 눈을 찌긋찌긋한다.

미럭쇠는 짐짓 제 몸뚱이로 점례를 칵 떠받아―그것은 방금 납순이를 절굿공이로 내리찧으려던 그 옹심과 꼭같았다―그렇게 죽어라고 떠받아 나동그라뜨리고서 휭하니 뛰어간다.

종수를 잡는다고 선불 맞은 범처럼 뛰어나간 미럭쇠는 그 길로 용머리의 술집으로 가서 밤이 늦도록 술을 먹고, 그대로 쓰러져 잤다.

이튿날 새벽에야 철럭거리고 집으로 돌아온 미럭쇠는, 납순이가 부엌 서까래에 목을 매고 늘어진 시체를 제 손으로 풀어 내려놓아야 했다.

노파가 밤새도록 붙들고 지키다가 새벽녘에 잠깐 잠이 든 사이에 납순이는 빠져나가서 그 거조를 냈던 것이다.

서방 미럭쇠가 돌아오는 날이면 맞아 죽고 말 것, 가령 죽지 않는다고 하더라도 병신이 될 만치 얻어맞을 것(아까 내리치던 그 무서운 절굿공이!), 그러고서도 평생을 맘 없이 매달려 살아야 할 테니 차라리 진작 죽는 것만 못 하다고, 그래 자결을 하고 만 것이다.

"그년을 꼭 내 손으로 쳐 죽일랬더니, 에잉 분하여!"

미럭쇠는 동리 사람들이 모여 섰는 데서 이렇게 장담을 하고 못내 분해하는 체했다.

눈물까지 쏟아졌다. 모두들 분해서 그러는 줄만 알았지, 미럭쇠의 정말 슬픈 심정은 알아채지 못했다.

4

아내 납순이의 무덤 옆에 넋을 놓고 앉았던 미력쇠는 이윽고 정신이 들어 무덤으로 고개를 돌린다.

숟갈을 꽂아 고여논 밥 바구니에는 어디서 날아왔는지 파리가 서너마리나 엉기었다.

"쪼깨 먹었냐?"

미력쇠는 중얼거리면서 밥 바구니를 집어든다.

"물이 없는디, 목 마쳐서 어쩌꺼나!"

마디지게 한숨을 내쉰다.

"작것이 왜 죽어삐리여!…… 가만히 있으면 갠찮얼턴디……. 방정맞게 왜 죽어삐리여! ……작것이!"

두런두런, 눈물을 찔끔찔끔, 밥 바구니를 차고 앉아서 숟갈을 뽑아든다.

"꼬시레."

 조금 떠서 앞으로 던지고, 또 한 번은 뒤로 던지면서

"꼬시레."

양편 옆으로 한 번씩

"꼬시레."

"꼬시레."

골고루 고사를 한다.

할 때에 마침 등 뒤의 산허리께서

"쑥꾸욱."

"쑥꾸욱."

쑥국새(뻐꾹새) 우는 소리가 들린다.

미럭쇠는 막 밥을 먹으려던 숟갈을 멈추고 끌리듯 고개를 돌린다.

"쑥꾸욱."

"쑥꾸욱."

형체는 안 보이고 울음소리만 들린다.

"쑥꾸욱."

"쑥 쑥꾸욱."

산을 돌아 넘어가는지 소리가 감감하니 멀어간다.

미럭쇠는 옛이야기가 생각이 났다.

며느리가 해산을 했는데 야속한 시어미가 미역국을 안 끓여주고 쑥국만 끓여주었다.

며느리는 피가 걷히지 않고 속이 쓰리다 못해 삼칠일 만에 그만 죽었다.

그 며느리가 죽어 혼이 새가 되었는데 쑥국에 원한이 잦아져 그래서 밤낮 쑥꾸욱 쑥꾸욱 운다고 한다.

"우리 납순이는 죽어서 무엇이 되었으꼬? …… 쑥국새가 되었으머는 우는 소리나 듣지!"

미럭쇠는 우두커니 쑥국새 우는 곳을 바라보다가 소스라쳐 한숨을 내쉰다.

"쑥꾸욱."

"쑥 쑥꾸욱."

마지막 소리가 아스란히 들리더니 그다음은

잠잠하다.
    미럭쇠는 밥 먹기도 잊고 도로 넋이 나가서 우두커니 앉아 있다.

민족의 죄인

1

 그동안까지는 단순히 나는 하여간에 죄인이거니 하여 면목 없는 마음, 반성하는 마음이 골똘할 뿐이더니 그날 김金군의 P사에서 비로소 그 일을 당하고 나서부터는 일종의 자포적인 울분과 그리고 이 구차스런 내 몸뚱이를 도무지 어떻게 주체할 바를 모르겠는 불쾌감이 전면적으로 생각을 덮었다. 그러면서 보름 동안을 싸고 누워 병 아닌 병을 앓았다.

2

 항용 문필하는 사람의 마음 한가로움이라고 할까 누그러진 행습이라고 할까, 가까운 친구가 간여하고 있는 잡지사 출판사고 하면 일이야 있으나마나 달리 소간이 긴급한 때 외에는 그 앞을 그대로 지나치지는 않게 되고 들어가 앉아서는 신문잡지도 뒤척이고 많이 잡담하고 조금 문담文談하고 방담도 싫도록은 하고 하기에 세월을 잊고.

 하는 것을 주인 편에서는 흔연히 맞이하여주고 같이 섭슬려 이야기하고 하뇌 한결같이 폐로워하는 법이 없고 출판사나 잡지사의 사무실은 문필하는 사람에게 이런 이를테면 동네 쇠물방처럼 임의롭고 무관함이 있어 김군이 주간하는 P사도 나의 그런 임의롭고 무관한 자리의 하나였다.

 하루 거리엘 나가면 그래서 출판사나 잡지사를 몇 곳씩은 자연 들르게 되고, 그날도 남대문 밖까지 나갔다 집으로 돌아오는 길에 역시 별 볼일이 있던 것이 아니오 지날 녘이고 해서 퍼뜩 P사를 들렀던 것인데, 무심코 들르느라고 들렀던 것인데…… 김군의 말마따나 일수가 매우 좋지 못했던 모양이었다.

점심나절부터 끄무릇까무릇하던 하늘이 정녕 보슬비라도 내릴 듯 자욱이 다 흐려가지고 있는 4월 그믐의 저녁 무렵이었다.

남대문 거리의 잡답한 보도에서 가로수의 나붓나붓한 잎사귀가 거리의 잡답함과는 대조적으로 조용히 무엇인지를 숙명처럼 기다리는 듯싶은 그런 가벼운 침울이 흐르는 시간이었다.

김군의 P사는 바로 길옆의 빌딩이었다.

비둘기장처럼 4층 꼭대기의 한방에 들어 있는 빌딩의 마흔 몇 개나 되는 층계를 숨차하면서 올라가다 마침 맨머리로 내려오고 있는 김군과 마주 만났다.

"장차에 조선 출판계의 왕좌 될 꿈은 꾸면서

사무소가 이게 무어람? 사람이 숨이 차고 다리가 맥이 풀려."

인사 대신 이렇게 구박을 하는 것을 김군은 그 커다란 눈과 코와 입과 얼굴과에다 한꺼번에 웃음을 터트리면서

"P사가 사무실이 가난한 것은 자네가 그 흔한 왜놈의 집 한 채 접술 못 하구서 쓰러져가는 셋집살이 하는 것허구 내력이 어슷비슷하니 피차 막설하구…… 그러잖어두 기대리던 참인데 잘 왔네. 내 이 아래층에 가서 전화 좀 걸구 오께시니 올라가세나."

P사에는 먼저 온 손이 있었다.

윤尹이라고 나이는 나보다 두어 살 아래나 일찍이는 세대를 같이한 사람이었다.

나는 윤과 인사를 하면서 그의 눈치가 먼저 보여졌다.

윤은 내가 어려워하는 사람 가운데 한 사람이었다.

윤과 나는 친구는 아니었다.

길에서 만나든지 하면 서로 한마디씩

"안녕하십니까?"

"안녕하십니까?"

하고 마는 것이 고작이요 그렇지 않으면 아무 소리 없이 모자만 들었다 놓는 시늉하면서 지나쳐버리고 하는 그저 거기 어디 흔히 있는 '아는 사람'의 하나일 따름이었다.

나는 윤이라는 사람을 아는 것이 별로 많지 못하였다. 일찍이 일본 동경서 어느 사립대학의 정경과를 마쳤다는 것, 학업을 마치고 돌아와서는 고향에서 잠시 동안 신문지국을 경영한 경력이 있다는 것, 중일전쟁中日戰爭이 일기 전후 2, 3년은 서울 어느 신문사의 정치부 기자로 있으면서 논설도 쓰고 하였다는 것, 그리고 그가 잡지에 발표한 당시의 구라파 정세에 관한 정치 논문을 두 편인가 읽은 일이 있고. 그 문장과 구성이 생경하고 서투른 혐의는 없지 못하나 사상만은 대단히 진보적인 것을 엿볼 수가 있었고, 대강 이런 정도의 것이었다. 그 밖에 사람이 성질이 어떠하다든가 가정이나 주위 환경이 어떠하다든가 하는 것은 알지를 못하였고 알 기회도 없었다. 공적으로 혹은 사사로이 생활상의 교섭 같은 것도 물론 없었다.

이렇게 나는 윤에게 대하여 아는 것도 많지 못하고 친구로서의 사귐도 없고 하기는 하지만 꼭 한 가지 매우 중대한 것을 잘 안다는 것을 나는 스스로 인정치 않아서는 아니 되었다. 윤은 대일협력對日協力을 하지 아니한 사람이라는 것이었다.

중일전쟁이 일던 아마 그 이듬해부터인 듯싶었다. 잡지나 또는 신문의 기명논설記名論說에서 윤의 이름은 씻은 듯 없어지고 말았다. 신문기자의 직업도 버려버리고 서울을 떠났는지 거리에서도 통히 볼 수가 없었다.

만일 윤이 무엇을 쓴다면 그의 전문에 좇아

정치와 시사에 관계된 것일 것이요, 정치와 시사에 관계된 것이면 반드시 세계신질서 건설世界新秩序建設의 엉뚱한 명목으로 침략전쟁을 일으킨 동서의 전체주의 파시즘을 합리화시킨 논문이 아니고는 용납을 못 하였을 것이었다.

안으로는 내선일체를 승인하는 것이었어야 하고, 밖으로는 추축군의 승리와 미영의 몰락의 필연성을 예단하는 것이어야 할 것이었다.

또 신문사원으로의 직업을 버리지 아니하였다면 신문이라는 대일협력체對日協力體의 수족 노릇을 싫어도 하였어야만 할 것이었다.

윤은 그러나 일체로 붓을 멈추고 신문사원의 직업도 버리고 함으로써 대일협력의 조그마한 귀퉁이에도 참여를 하지 아니하였다. 아니한 것이 분명하였다. 이렇게 대일협력을 하지 아니한, 그래서 지조가 깨끗한 윤에 대하여 많으나 적으나 대일협력을 한 것이 있음으로 해서 민족반역자 혹은 친일파의 대열에 들어야 할 민족의 죄인인 나는 그에게 스스로 한 팔이 꺾이지 아니할 수가 없고, 따라서 그가 어려운 사람이 아닐 수가 없던 것이었다. 동시에 죄 지은 사람의 약한 마음이라고 할까, 섬뻑 그를 만나자니 눈치가 먼저 보이지 아니할 수가 또한 없던 것이었다.

과연 내가

"안녕하십니까?"

하는 인사에 같은 말로

"안녕하십니까?"

하고 대답하는 윤의 말 억양과 표정에는 역력히 경멸히 는 빛이 머금어 있었나.

한참은 있다 윤이 뒤척이던 신문축을 내려놓으면서 생각잖이 붙임성있게

"오래간만입니다"

하여, 나도 달가이

"퍽 오래간만입니다"

하였다.

미상불 우리는 퍽 오래간만이었다. 중일전쟁

이 일던 그 이듬해 윤은 문필 행동을 정지하고 신문기자의 직업을 버리고 하였을 뿐만 아니라 서울 거리에서 자취마저 사라지고 말았기 때문에 근 10년 만에 오늘 이 자리가 처음이었다.

윤이 그러나 인사상으로만 오래간만이라는 말을 한 것이 아닌 것은 그다음 수작으로써 바로 드러났다.

"시굴루 소개疏開 가섰드라구."

"네."

"호박이랑 옥수수랑 많이 수확하셨습니까?"

그의 독특한 시니컬한 입초리로 빙긋 웃기까지 하면서 하는 아주 노골한 경멸과 조롱이었다. 생각하면 윤으로는 충분한 근거가 있는 경멸과 조롱이었다.

지나간(1945년) 4월에 나는 소개를 하여 고향으로 내려갔다.

표면의 이유는 지방으로 소개를 하여 스스로 폭격을 피하며, 그리함으로써 소위 국토방위에 소극적 협력을 하기 위한 이른바 당국의 방침에의 순응이었지만, 실상은 구실이요 소개를 빙자코 도피행逃避行을 한 것이었다.

구라파에서 독일이 연합군의 육중한 공세를 바위내지 못해 연방 뒷걸음질을 치다 어느덧 독 안의 쥐가 되었을 때는 동쪽에 있어서 일본의 패전도 거의 결정적인 것이 된 느낌이었다. 거기에는 물론 일본이 패하였으면 하는 희망적 예측이 다분히 가미되지 아니한 것은 아니었으나 아무튼 일본이 질 날이 머지않을 것으로 나는 생각하고 있었다.

일본의 패전 그 뒤에 오는 것은?

나는 8·15의 그런 편안한 해방을 우리가 횡재할 것은 전혀 생각지 못하였다. 일본이 눌러서 우리의 지배를 할 것이냐 혹은 새로운 지배자가 나설 것이냐, 또 혹은 우리가 요행 우리의 주인이 될 것이냐 이 판단은 막상 깜깜하였다. 그러나 오직 한 가지 일본이 패전을 하는 그날 그 순간부터 그동안까지의 치안과 사회질서는 완전히 무능한 것이 되는 동시에 세상은 걷잡을 수 없는 혼란과 무질서의 구렁이 되고 말리라는 것 이것만은 확실한 것으로 나는 믿고 있었다. 하되 그것은 새로운 주권이 서고 새로운 질서가 생기는 그 기간까지는 제 마음껏 계속이 될 것이었다. 그 기간이라는 것이 한 달일는지 두 달 석 달일는지 반 년이나 일 년일는지 그 이상 더 오랠는지 그것은 짐작을 할 수가 없으나—.

    일본이 패전을 하는 그날 그 순간부터 치안과 질서가 무능한 것이 됨을 따라 칼 찬 순사와 기관총 가진 패잔 일병과 주먹심 있는 평민과가 강도와 폭도질을 함부로 하고 일변 필연적인 사태로서 식량부족으로 인한 대규모의 기근이 오고 하여 거리는 삽시간에 살육과 약탈, 능욕과 방화, 질병과 기아의 구렁으로 변하고 그 죽음과 공포의 거리에서 아무 구원의 능력도 주변도 없는 약비한 아비를 그래도 아비라고 떨면서 울고 매어달리는 나의 어린것들을 데리고 서서 속절없이 죽음을 기다리기나 할 따름일 나 자신의 그림자를 환상할 적마다 나는 등골이 서늘함을 금치 못하였다.

대처都市가 그러한 데 비하여 고향은 차라리 안전하였다. 우선 당장은 각다분하겠지만 일을 당한 마당에서는 역시 고향이 나을 터였다.

누대 살아온 고향이요 일가친척이 여러 집이 있어 생소하지가 않았다. 사람들이 다 아는 사람들이 되어 난세를 당하여 제일 두려운 사람그 '사람'을 두려워 아니하겠으니 좋았다.

박토나마 조금은 있으니 하다못해 감자 포기를 심어 먹어도 주려 죽기는 면할 수가 있으니 더욱 안심이었다.

나는 드디어 고향으로 내려갈 결심을 하였다.

나는 나만 그럴 뿐이 아니라 몇몇 친지들더러도 그런 소견과 실토정을 말하면서 반드시 서울에 머물러 있어야만 할 특별한 사정이 없는 바엔 각기 고향으로 내려가기를 권하기까지 하였다.

　　민족해방의 돌발적인 변화를 겪고 난 지금에 이르러, 지금의 심경을 가지고 그때 당시의 나의 그러던 심경이나 행동을 곰곰이 객관을 하자면 지배자의 압력이 약하여진 그 계제에 떨치고 일어나 해방의 투쟁을 꾀할 생각을 적극적으로 하는 것이 아니고서, 오직 저 일신의 안전을 도모하는 데까지밖에는 궁리가 뚫리지 못한 것은 적실히 나의 약하고 용렬한 사람 됨됨이의 시킴이었음엔 틀림이 없었다. 그러나 나는 나 혼자만이 유독 그렇게 약하고 용렬하였는지, 혹은 대체가 개인적이며 소극적이요 퇴영적이기가 쉬운 망국민족의 본성의 소치였는지 그 분간은 혹시 모르되, 하여간에 그처럼 약하고 용렬하였던 것이 사실이요, 겸하여 무가내한 노릇이었다. 그렇다고 시방은 제법 굳세고 용맹스러워졌다는 자랑이냐 하면 물론 아니었다. 지금도 여전히 나는 약하고 용렬한 지아비였다.

일본의 패전 그다음에 오는 혼란과 무질서에 대한 불안과 공포 이것 말고서 그 이전에 또 한 가지의 절박한 위협이 있었다.

나는 서울 시내에서 동쪽으로 30리나 나간 경충가도京忠街道의 한강 기슭 광나루에 우거하고 있었다.

광나루는 서울 시내로부터 소개를 하여 나오는 곳이지, 그래서 소개령이 내리자 집값이 연방 오르던 곳이지, 이곳으로부터 다른 곳으로 소개를 가도록 마련인 곳은 아니었다. 이것만 하여도 나는 실상 소개를 간다고 나설 터무니없는 사람이었다.

B29가 처음으로 서울 하늘에 나타나던 날이었다.

이날 나는 마침 시내에 들어가지 않고 집에 있다가 언덕의 솔숲을 거닐던 중에 공습 사이렌이 울었다.

산이라고 하기보다는 강가에가 바투 오뚝이

솟은 조그마한 구릉이었다. 그 깎아지른 낭떠러지 바로 아래로는 시퍼런 강물이 바위를 스치고 흘러 흡사 평양의 청류벽을 연상함직한 곳이었다. 그뿐 아니라 강을 건너서는 편한 벌판이요, 벌판이 다한 곳에 먼산이 암암히 그려져 있는것 일랑은 "대야동두점점산大野東頭點點山"이라고 읊어낸 그것과 많이 비슷한 것이 있었다.

꼭대기에는 당집이 있고 주위로 솔과 참나무가 울창하여 그늘이 짙었다. 잔디도 좋았다. 그런 그늘 아래 앉아서 장강을 굽어보고 먼산을 바라보면서 혹은 잔디에 누워 창공을 올려다보면서 끝없는 시간을 지우기란 울적하고 삭막한 나의 생활 가운데 만만치 아니한 위안의 하나였다.

그때 나는 마침 이조사李朝史를 읽다가 병자호란丙子胡亂의 대문에 이르렀던 참이라, 병자란 당시에 조선군이 국왕과 함께 최후의 농성을 하던 남한산성南漢山城이며, 그러다 국왕이 마침내 청병의 군문에 무릎을 꿇어 항복을 한 삼전도三田

渡며, 그리고 양방의 수없는 장졸이 화살과 창끝에 고혼으로 스러진 풍남리의 토성風南里土城이며를 멀리 바라보기가 이날따라 감개적이 깊은 것이 없지 못하였다.

그러한 흥폐의 모양을 보았으면서 못 본 체 이날이 한결같이 유유히 흐르기만 하였으며 앞으로도 얼마든지 되풀이할 세상과 인사의 변천을 보면서, 그러나 못 본 체 몇천년 몇만 년이고 유유히 흐르고만 있을 저 강 무심타고 할까 부럽다고 할까…… 이런 생각에 잠겨 있는 참인데 ㄱ 몸서리가 치이는 공습 사이렌이 빌안산 울리던 것이었다.

나는 꿈에서 깨난것처럼 퍼뜩 정신이 들었다.

보나마나 아내는 물통을 들고 쫓아나갔어야 했을 것. 어린것들이 걱정이 되어 집으로 달려갈 생각은 급하나 가던 중로에서 경방단 서방님네들한테 붙잡혀 부역을 하지 않으면 대피호로 끌려 들어가기가 십상일 판이었다.

초조하다 보니 잠자리보다도 더 적게 비행기(B29) 한 대가 흰 가스로 꼬리를 길게 쌍으로 끌면서 유유히 까마득한 창공을 날고 있었다.

그 호젓하고 초연함이라니. 그 고요하고 점잖스럼이라니.

좋은 완상 거리일지언정 그가 털끝만치도 적의敵意를 발산하는 것이 있다거나 항차 비행기의 폭격의 전주인 바야흐로 강렬한 위협과 공포감 같은 것은 전혀 느낄 수가 없었다.

덕분에 마음을 갈앉히고 기다리는 동안 이윽고 공습경보는 해제가 되었다. 나는 일종 섭섭한 마음이면서 한길로 내려왔다. 그러자 군용 화물차 한 대가 기운차게 달려오더니 동네 한복판인 한길 가운데에 가 멈추어 서면서 경기관총을 가지고 잔뜩 긴장한 2, 30명의 길병이 차로부터 뛰어내렸다.

공습경보를 듣고 강 건너 송파松坡의 병영으로부터 이 광나루 지구를 경계하러 온 일대였다.

그러나 그 경계라는 것은 그들이 가지고 온 무기가 하다못해 고사기관총도 아니요 보통 산병전에 쓰는 경기관총인 것과 그것을 동네 복판에 맞추어놓고서 대기를 하는 것과로 미루어 적기를 쏘자는 것이 아니고서 폭격의 혼란을 틈타 폭동이라도 일으킬 염려가있는 주민—조선사람을 약차하면 쏘아대자는 것임은 말하지 않아도 번연하였다.

나는 지휘하는 자를 비롯하여 병정들의 눈을 똑똑히 보았다. 곧 사람을 살상하여 마지않겠는 독기가 뻗쳐 나오는 눈들이있나. 나는 소름이 쪽쪽 끼쳤다.

공습을 당하면서 적기를 쏠 방비를 하여주기보다는 센징을 쏘아 죽일 채비를 차리는 그들의 앙심과 살기를 머금은 그 눈 눈 눈…… 앞에 B29의 폭격이 있다면 등 뒤에는 일병의 기관총 부리가 있는 그 기관총을 또한 피하기 위하여서도 나는 하루바삐 비교적 안전한 곳으로 자리를 옮아앉아야 하였다.

나는 *1945년 4월* 마침내 집을 팔고—게딱지 같은 초가집이었으나 설리 장만한 집이었다—그것을 헐값으로 팔아넘기고 세간도 대부분 팔고서 집 가벼운 것만 꾸려가지고 고향으로 소개랍시고 하여 오고 말았다.

나에게는 그러나 일본의 패전 그다음에 오는 것의 불안과 공포랄지, 눈에 살기를 머금은 일본 병정들의 등덜미를 겨누는 기관총 부리의 위협이랄지 이런 것 외에도 멀찍이 궁벽한 시골로 낙향을 하여야만 할 사정이 따로 또 있는 것이 있었다.

1943년 2월 황해도로 강연을 간 것이 나로서는 아마 대일협력의 첫걸음이라고도 할 만한 것이었다.

총독부와 총력연맹이 설두를 하여 경향의 종교·사상·예술·언론·조고·교육 등 각계의 사람 *2백여* 명을 그러모아 전 조선 각 군郡의 면面

으로 하여금 제각기 면 단위面單位로 열게 한 소위 미영격멸국민총궐기대회에 몇 개 면씩을 찢어 맡겨 보내어 전쟁 기세를 돋우는, 그중에도 미영에 대한 적개심을 조발하는— 강연을 하게 한 그 강사의 하나로 나도 뽑혔던 것이었다.

대일협력도 첫걸음이려니와 40 평생에 여러 사람을 모아놓고 강연이라고 하는 것을 하여본 적이 도대체 없었다.

일어가 서툴러 못 나가겠다고 하였더니 조선말도 무방하다고, 실상은 상대들이 시골 농민들인 마큼 '국어 상용'의 본의에는 어그러지나 조선말이 더 효과적일 것인즉 이번만은 되도록 조선말로 하게 하기로 이미 방침을 세웠노라고 하였다.

생후에 한 번도 연단에 서본 경험이 없어, 강연이 하여질 것 같지 않다고 하였더니, 경험은 없더라도 열熱 하나면 되는 것이라고, 생전에 한 번도 연단에 서보지 아니한 사람이 이 기회에 분연히 일어서서 강연을 하게 되었다는 그 사실이 벌써 청중을 감격케 할 사실이 아니냐고, 그러니 너야말로 빠져서는 아니 될 사람이라고 하였다.

그리거나 말거나 누웠고 나아가지 아니하였으면 그만일 것이었다. 나중이야 앙화가 와닿겠지만 그 당장은 새끼로 목을 얽어 끌어내지는 못하였을 것이었다. 그러나 나는 내 발로 걸어 나갔다. 영을 어기지 아니하여야만 미움을 받지 않고 일신이 안전하고 한 것을 알기 때문이었다.

개성서 살고 있을 때요 태평양전쟁이 일던 전전 해인 1938년이었던 듯싶다.

3월 그믐인데 볼일로 서울에 왔다 3, 4일 만에 내려갔더니 가족들이 초상난 집처럼 근심에 싸여 있었다. 조금 전에 개성경찰서의 형사 2명이 와서 내가 거처하는 방을 수색을 하고 서신과 몇 가지의 원고와 잡지 얼러 몇 가지의 서적을 가져갔고, 그러면서 물어볼 말이 있으니 돌아오는 대로 곧 고등계로 오도록 이르라는 부탁을 하더라는 것이었다.

그리고 그날 아침 ○○○군과 ×××군이 붙들려 갔다는 말을 하였다. ○○○군과 ×××군은 나한테를 종종 다니는 이십 안팎의 문학청년들이었다.

신경이 과민한 정비례로 무식하고 그와 반비례로 일거리는 없어 상관 앞이 민망하고 한 시골 경찰의 고등계 형사들이 정히 무료하다 못 하면 더러 그런 짓을 하는 행투를 짐작지 못하지 않는 터라 치안유지법에 걸릴 아무 내력이 없는 것은 번연한 노릇이요, 하여 설마 어떠랴고쯤 심상히 여기고 선 길에 경찰서로 가보았다.

보기만 하여도 마치 뱀을 쭈쩍 만난 것처럼 섬뜩한 것이 경찰서의 사람들이었다. 들어서기가 무엇인지 모를 무시무시한 것이 경찰서였다. 아무렇지도 않은 신고서 한 장을 들이러 가기에도 들어서면 벌써 눈부라림과 호통과 따귀가 올라붙거니만 싶어 덮어놓고 공포증과 불안을 주는 것이 경찰서요 그곳의 사람들이었다.

 그런지라 비록 치안유지법에 걸릴 아무 내력이 없다고는 하여도, 그래서 심상히 여겼다고는 하여도 노상 태연한 마음일 수가 없었음은 물론이었다.

 이윽히 기다리게 한 후에 일인 형사가—빼빼 야윈 몸과 얼굴과 눈과 심지어 수족에서까지 사나움이 졸졸 흐르는 자로 얼굴만은 진작부터 앎이 있었다—그자가 별실로 데리고 들어가더니 O군과 ×군과 나와의 상종에 대한 것을 묻는 것이었다. 언제부터 어떤 반연으로 알았으며, 한 달이면 몇 번씩이나 찾아오며, 만나서 하는 이야기와 하는 일은 무엇이며 하냐고.

 만나기는 한 반년 전에 그들이 찾아와서 비로소 처음 만났고, 하는 이야기나 하는 일은 문학을 공부하는 초보에 관한 것으로 쓰는 공부는 어떻게 하며, 읽기는 어떠한 책을 읽어야 하며, 어떤 작가는 어떤 작품을 썼고 어찌해서 그

것이 좋은 작품인 것이며, 또 그들이 책을 읽다가 이해치 못하는 대문이 있어 가지고 와 묻는 것이 있으면 설명을 하여주기도 하고 하노라고 말썽 아니 될 범위에서 대답을 하였다.

"그것뿐인가?"

마지막 형사는 딱 어르면서 표독한 눈매로 눈을 부라렸다.

나는 속으로는 떨리나 태연히

"대강 그렇습니다."

"더 생각해봐."

"더 생각히니마나 그렇습니다."

"정녕?"

"네."

"이 자식."

소리와 함께 따귀를 따악 거푸 따악 따악 따악 따악······.

"꿇어앉어 이 자식아."

걸상으로부터 내려가 꿇어앉았다.

"바른 대로 대지 못해?"

"바른 대로 댔습니다."

"너 이번 지나사변에 대해서 한 이야기두 있잖어?"

"지나사변의 어떤 이야기 말입니까?"

"너 일본이 아무리 무력으루는 한때 지나를 정복을 한다더래두 결국은 가서 실패를 하구 만다구 그런 말을 했잖었어?"

"그건 일본을 두고 한 말이 아니라 한민족韓民族은 이상한 동화력同和力을 가진 민족이 되어놔서 그동안 누차 변방 족속한테 무력 정복을 당했으면서도 그런 족족 정복자를 문화적으로 사회적으로 동화·흡수를 하군 해서 어느 시간이 경과한 후에 가선 정복자요 지배자였던 변방 족속이 피정복자요 피지배자였던 한민족한테 먹히어버리고서 존재가 없어지고 존재가 없어지고 했느니라구 단순히 역사적 사실을 이야기한 일밖에 없습니다."

"그러니깐 이번 지나사변두 결국은 일본이 실패를 한다는 그 뜻으루다 한 소리가 아냐?"

"그렇게 억지루 가져다 댄다면 못 댈 것은 없지만서두 내 본의는……."

"요 앙뚱스런 자식 같으니로고. 네 따위가 어따 대구 고따위루…… 이 자식아 대일본제국의 흥망이 달린 앞에서 너이 조선놈 몇 마리쯤 땅바닥으로 기는 버러지만치나 명색이 있을 줄 알아? 그런 것들이 어따대구 감히 그런 발칙한 소릴."

이번에는 구둣발이 내 몸뚱이를 함부로 짓이긴다.

매는 미상불 아픈 것이었다.

"너 이 자식 좀 곯아봐."

인하여 나는 생후 두 번째로 유치장이라는 것을 들어가보았다. 집어 처넣어놓고는 달포를 아무 소리 없이 저의 말대로 곯리기만 하였다.

그동안 O군과 ×군과 그리고 또 한 사람 붙잡혀 들어와 있는 △군과 이 세 사람만은 가끔가다

하나씩 끌어내다가는 노글노글하게 매질을 하여 들여보내곤 하였다.

아무 소리도 없이 처박아두기만 하는 것은 당하는 사람으로는 무위한 유치장의 하루씩을 지우기의 답답하고 고통스러움과 일이 장차 어찌 되려는가의 불안 초조와 이런 것으로 하여 악형이야 당할 값이라도 차라리 자주 끌려나가기만 못 한 노릇이었다.

정복자와 밑 그의 수족 노릇을 하는 일부 원주민으로 이루어진 지배자가 피정복자를 닦달함에 있어서 인간으로서 인간을 학대하기에 경찰서의 유치장 이상 가는 것은 아마도 없을 것이었다.

물통에다 냉수를 한 통씩 길어다 놓고 국자를 담가놓고 그 물을 떠 간수들이 저희들의 차도 달여 먹고 죄인들이 물을 청하면 한 국자씩 떠주고 하되 죄인들은 방방이 한 개씩 두어둔 양재기에다 물을 받아서 마시도록 마련이었다.

*1*전내기 투전을 하다 붙잡혀 들어온 촌 농부

하나가 있었다. 지극히 가벼운 죄인이요 또 생김새도 어수룩하게 생긴 젊은 친구였다.

가벼운 죄인이면 감방으로부터 불러내어 유치장 바닥의 비질도 시키고 죄인들의 잔시중─물을 떠준다거나 휴지를 들여준다거나 하는 심부름을 간수들 저네의 대신 시키기도 하였다.

1전내기 투전꾼은 유치장 바닥을 다 쓸고 나서 마침 목이 말랐던지 물통에서 국자로 물을 떠 벌컥벌컥 시원히 마시고 있었다.

그러자 별안간

"고라. 이*놈*우 지·식이!"

하고 벽력 같은 고함과 더불어 간수가 저의 자리로부터 쫓아 내려오더니 뺨을 치고 구둣발길로 걷어차고 하였다.

죄인은 국자를 놓치고 회삼물 바닥에 가 쓰러져 미처 다 못 삼킨 물과 볼이 터져 나오는 피를 함께 흘리면서 연방 아이구머니 소리만 질렀다.

간수는 죄인의 몸뚱이를 옆구리고 머리고 상관없이 퍽퍽 걷어지르기를 그치지 않았다. 그러면서 꾸짖는 것이었다. 국자에다 왜 더러운 주둥이를 대느냐고. 요보는 도야지보다 더 더러운 놈들이라고.

도야지보다 더 더러운지 어쩐지 그것은 막시 모르나 정복자란 것이 피정복자의 앞에서는 도야지만치도 명색이 없는 것만은 이 한 가지로 미루어서도 분명하였다.

나는 유치장에 들어가던 날의 첫번 식사인 저녁밥을 먹지 않았다. 흥분이 되어 식욕이 없는 것도 없는 것이었지만 그다지 입이 호강스럽지는 못한 나로서도 차마 그것을 밥이라고 입에 떠넣을 뜻이 나지 아니하였다. 찌그러지고 오그라지고 시꺼멓게 때꼽재기가 끼고 한 양은 벤또에다 골싹하게 담은 밥이라는 것은 쌀 알갱이는 눈 씻고 잘 보아야 하나씩 둘씩 섞였을 뿐의 노오란 조밥이요, 찬이라는 것은 산에 가서 되는대로 그럴싸한 풀잎을 뜯어다 슬쩍 데쳐서 소금을 뿌려 주물럭주물럭한 두어 젓갈의 소위 산나물 한 가지로 하였다. 밥에는 그러나마 만주 좁쌀에 고유한 그 세모지고 얄따란 다갈색의 잔모래가 얼마든지 그대로 섞여 있고.

내 밥이 젓갈도 대지 않은 채 그냥 도로 나가게 된 것을 알자 옆에 있던 절도범이 혼잣말처럼

"그럼 내가 먹을까"

하고 슬며시 집어가더니 볼퉁이가 미어지도록 퍼넣는 것이었다. 그것을 여남은이나 되는 동방同房의 죄인 대부분이 너도나도 하고 넘벼늘어 단 한 젓갈이라도 빼앗아 먹으려고 다투고 불뚝거리고 욕질을 하고, 거기에 밥에 대한 인간의 동물적인 싸움이 잠시 동안 벌어지고 있었다.

이튿날도 나는 온종일 먹지 아니하였다.

두툼한 솜바지 저고리에다 솜버선에다 차입한 담요까지 지니고 지내고 사식私食을 차입받아 먹고 하는 사기죄인—그가 이 5호 방에서는 제

일 고참으로 열여섯 달째 되는 사람이었다. 그가 점심 때에는 나더러 간수한테 말을 하면 사식을 들여주니 이따 저녁부터라도 받아먹도록 하라고 권고하였다.

나는 글쎄…… 하고 애매히 대답하고 말았다. 나는 한 끼에 1원 50전씩 하루에 4원 50전이나 드는 사식을 들여 먹을 형편이 되질 못했다.

저녁 역시 나는 관식 벤또를 동방엣 사람들에게 그대로 내주었다.

사기죄인이 저의 사식에서 부연 쌀밥을 절반이나 덜고 굴비랑 군고기랑 곁들여 내 앞으로 밀어놓으면서,

"이거라두 좀 자시우. 보아허니 그렇게 함부로 지나든 아녀시든 분네같은데, 그렇다구 사뭇 저렇게 굶기로만 들어서야 쓰겠수"

하고 권을 하는 것이었다.

미상불 나는 현기증이 나도록 시장하였다.

보드라운 흰밥과 맛있는 반찬이 어금니에서

신침이 흐르고 회가 동하였다. 그러나 나는 세 번 네 번 권하여서야 겨우 두어 젓갈 밥을 뜨는 시늉하고 말았다.

사식은 들여 먹을 터수가 못 되면서 입만 가져가지고 관식을 먹지 않고 앉아서 남이 덜어주는 사실덩이를 멀쩡히 얻어먹다니 염치가 아니요 양반 거지의 주접이었지 갈데없는 짓이었다.

"그래두 자셔야지 별수 없습넨다. 노형두 지끔은 첨이라 다 심사두 편안치 않구 해서 그렇겠지만서두 인제 두구 보시우, 배고픈 걱정 외에 더 걱정이 없을 테니. 어서 나가구 푼 생각 집안일 죄다 잊어버리구 거저 먹을 것 생각밖엔 나는 게 없는걸."

사기죄인은 이런 말을 하였다.

나는 설마 그러랴 하였으나 이레가 못 가서 그의 말이 옳았음을 나는 깨닫지 아니치 못하였다.

쌀 알갱이라야 눈 씻고 보아야 하나씩 둘씩 섞였을 뿐의 불면 알알이다 날아갈 듯 퍼슬퍼슬

한 노란 조밥, 씹으면 모래와 흙이 지금지금하는 그 알뜰한 조밥과 쓰디쓴 산나물이 아니면 시꺼멓게 썩은 세 조각의 짠무조각 반찬이 어떡하면 그렇게도 입에 회회 감기고 맛이 나는지 35년의 반생을 두고 나는 일찍이 그런 맛있는 밥을 먹어 본 적이라고는 없었다.

납작한 양은 벤또에다 골싹하니 푼 그 밥이 아무리 양이 적은 나에겔망정 양에 찰 이치가 없었다. 가에 붙은 좁쌀 한 알갱이까지 깨끗이 다 씻어 먹고 나쁜 젓갈을 놓으면 젓갈을 놓으면서 바로 배가 고프고 다음 끼니가 기다려졌다.

아침 7시면 밥 구루마가 떨걱거리면서 온다.

아침을 먹고 나서는 12시 점심이 올 때까지 간수의 앉았는 등 뒤에걸린 시계를 백 번도 더 내다보면서 떨걱거리는 밥 구루마 소리를 기다린다.

가까스로 점심을 먹고 나서는 이내 또 백 번도 더 시계를 내다보면서 6시 저녁을 기다린다.

이렇게 오직 밥을 기다리기를 일삼으면서 하루하루를 지우곤 하던 것이었다.

내가 나를 생각하여도 천박하기 짝이 없었다. 하루 종일 먹을 것만 탐하는 도야지나 다름이 없는 성싶었다.

모처럼의 기회는 기회겠다. 가만히 앉아서 정신을 집중시켜 사색 같은 것이라도 하염직한 것이 아니냐고 스스로를 책망은 하여 보나 첫째는 본시가 그런 유유스런 성격이 되질 못하였고 겸하여 형刑이 결정된 감옥의 죄수가 아니어놓아서 도저히 안존할 수가 없었다.

아무튼 조금은 자제력自制力이 있다고 할 내가 그러할제 여느 잡범雜犯들이야 말할 나위가 없었다.

누가 밥을 남기든지 통째로 안 먹는 것이 있든지 하면 서로들 먹으려고 다투는 양이란 차마 보기에 민망한 것이 있었다.

규칙이 남는 밥은 도로 내보내되 아무도 함부로 먹지 못하도록 마련이었고, 그래서 그 규칙을 범하였다 발각이 나면 죽을 매를 맞고라야 말았다. 그러므로 남는 밥은 몰래 먹어야 하였고 큰 모험이 아닐 수 없었다. 하건만 그들은 감히 모험하기를 주저치 아니하였다.

제3호 방에 밥 하나가 더 들어간것이 드러났다.

4월이라지만 유치장의 감방은 겨울 진배없이 추웠다. 간수는 제3호 방에다 밥 하나를 더 먹은 벌로 물을 세 통이나 끼얹었다. 그리고 밥을 노나 먹은 네 사람은 창살 밖으로 손목을 묶어 매달아놓고 한나절이나 격검채로 두들겨 팼다.

해방 후의 경찰서와 그 유치장의 범절이 어떠한지는 막시 모르나 일본식 경찰은 피의자에서부터 이렇게 잔학하고 동물적인 대우를 하였다.

저네의 소위 '도야지'에서 과연 도야지의 대우를 받으면서 나 자신 역시 도야지 이상이질 못하는 채 한 달을 무료히 썩였고 한 달 만에 비로소 취조실로 불려나갔다.

그 몸과 얼굴과 눈과 심지어 수족까지 사나

움이 질질 흐르는 일인 형사였다.

"독서회를 조직한 사실을 OOO이가 자백을 했는데 너는 그래도 모른다고 버틸 테냐?"

형사는 쩡쩡 울리는 목소리로 이렇게 다잡았다.

"독서회를 조직했다구요?"

나는 섬뻑 무어라고 대답할 말이 없어 뚜렛거리다 반문하였다.

"그래 자백을 했어."

"나는 없습니다."

사실로 없었다.

모르면 몰라도 O군이 매에 부대끼다 못 해 허위의 자백을 하였거나 그렇지 않으면 그들의 상투 수단인 넘겨짚기일 것이었다.

이날의 문초에서 나는 그들이 무엇을 꾀하고 있는가를 비로소 알아채었다.

여기에 좀 반지빨라 보이는 녀석이 있어 그 주위에 역시 주의 거리의 젊은 아이놈들이 모여 문학을 공부한답시고서 책도 노나 읽고 의견도 교환하고 시국에 대하여 방자스런 방담을 더러 하는 모양이어… 이만한 건덕지면 혹시 잘만 날뛰면 독서회쯤 사건 하나를 뚜드려 만들 수가 있을는지도 모르는 것이었다. 마치 대장장이의 마치가 뚜드리는 곳에 아무것도 아니던 녹슨 헌 쇳덩이가 뻐젓이 도끼며 식칼이 되어 나오듯이 저 전라북도 경찰부가 뚜드려 만든 카프 사건도 그런 솜씨의 요술이었을 것이었다.

한 열흘 후에 나는 두 번째 끌려나갔다. 그동안 O군은

"독서회 일건은 절대 부인하시오. 그들은 저더러 선생님이 벌써 자백을 하였다고 하지만 저는 믿지 않습니다. 일기책을 뺏겼는데 거기에 더러 선생님한테 불리한 것을 쓴 것이 있어서 저는 그것만이 걱정입니다"

하는 쪽지를 연필로 감방 휴지에 적어 보낸 것을 받았고 그것으로 나의 추측이 한편치가 틀

리지 않았음을 알았다.

이번에는 그는 일인 형사의 짝패인 머리통이 엄청나게 크고 짧은 다리로 여덟팔자걸음을 아기작아기작 걷는 김金가라는 조선 형사였다. 사납고 가혹하기로 개성 일판에서 이름이 난 형사였다.

그런 김가가 뜻밖에 부드러운 얼굴로 공대하는 말까지 쓰면서 문초를 하였다.

"그 왜 고집을 부리구 생고생을 하슈?"

"고집이 아니라 없는 사실을 부르라니 어떡헙니까."

"독서회라는 이름은 짓지 않았드래두 독서회의 행동을 했으면 사건은 성립이 되게 마련인 법인 줄 알면서 그러슈?"

"무얼 독서회의 행동을 한 것이 있어야지요?"

"가사 또 사건은 성립이 아니 된다구 치더래두 당신이 시방 미움을 받구 있는것만은 사실인데 미움을 주기루 들면 한정이 없는 걸 모르슈?

일년이구 이태 삼 년이구 처가둬두구서 곯리면 곯았지 별수 있나?"

고문보다도 또는 감옥으로 가서 징역을 살기보다도 가장 두려운 악형은 민두름히 그대로 경찰서 유치장에다 가두어두고 생으로 사람을 썩히는 것이었다.

사상 관계자로 붙잡혀 들어갔다 이렇다 할 사건도 없는 사람이면서 몇 해씩을 현재 그렇게 생으로 썩고 있는 사람이 전 조선의 경찰서 유치장을 턴다면 얼마든지 나올 수 있는 사실이었다.

또 사상 관계자만이 아니요 멀리 다른 곳에 실례를 찾을 것이 없이 당장 내가 갇혀 있는 한 방에도 사기횡령으로 몰리어 붙잡혀 들어와가지고 일년과 넉 달이 되는 사람이 있지 않은가.

나는 무쇠의 탈을 쓰지 아니한 '무쇠탈'을 연상하고 속으로 전율하였다. 김가는 짐짓 부드러운 얼굴과 공순한 말로써 회유를 하는 한편 무형의 '무쇠탈'로써 은근히 위협을 하자는 심담인

모양이었다.

나는 없는 죄를 자백하고 가서 징역을 사느냐 경찰서 유치장에서 장차 얼마일지를 모를 세월을 썩느냐 두 가지 중에서 하나를 택하여야 하였다.

이때에 나를 구원하여 준 것이 생각지도 아니한 한 장의 엽서였다. 다시 열 며칠인가 지나서였다.

일인 형사가 끌어내 가더니 어인 셈인지 빈들빈들 웃으면서,

"나가구 푼가?"

하고 물었다.

나는 섬뻑 무어라고 대답을 못 하고 눈치만 보았고 했더니 재차

"나가구퍼?"

그제야 나도

"있구퍼서 있나요?"

"음……."

그러고는 한참이나 내 얼굴을 여새겨보고 나서

"조선문인협회라구 하는 것이 있나?"

"있습니다."

"무엇 하는 단첸구?"

"조선사람 문인들이 모여서 문학으로 나랏일을 도웁자는 것입니다."

"어떤 발연으루 생긴 단첸가?"

"총독부와 민간의 유력한 내지인들이 서둘러주었습니다."

"회원은 전부 센징이겠지?"

"찬조회원이나 명예회원은 내지인이 많습니다."

"조선문인협회에서 북지 방면으로 황군위문대를 파견한다구?"

"그렇습니다."

"이것이 그 통첩인가?"

그러면서 한 장의 엽서 편지를 내놓았다.

문인협회로부터 북지 방면으로 황군위문대를 회원 중에서 파견하고자 하는데 그 구체적 협의회를 아무 날 아무 곳에서 열겠으니 참석하라는 엽서가 지난번 서울을 가기 조금 전에 온 것이 있었다. 바로 그 엽서였다. 나중 놓여나가서 알았지만 내가 놓여나가던 10여 일 전에 두 번째 와서 수색을 하였고, 그때에 잡지 틈사구니에 끼었다 떨어지는 이 엽서를 가져가더라고 집안사람이 말하였다.

"거기 보면 삼월 이십팔 일인가 위문대 파견하는 협의회를 열겠다고 했는데 참석했는가?"

"했습니다. 실상 지난번에 서울 간 것도 그 때문이었습니다."

"어떤 결정을 했는가?"

"회원 중에서 명망이 있는 사람으로 몇 사람을 뽑아 파견하기로 했습니다."

"누구누구가 뽑혔는가?"

"그것은 전형위원에서 맡아 하기로 했습니다."

"비용은?"

"당국의 보조로 쓰기로 했습니다."

"음……"

자는 이윽고 얼굴과 음성을 준절히 하여가지고

"이번 사건이 그대들은 암만 그렇게 부인을 해도 증거가 역력히 있고 하니깐 성립을 시키자면 충분히 시킬 수가 있단 말야 응?"

"네."

"그렇지만 첫째는 고의로 그런 것이 아니라 무의식중에 그렇게 된 모양 같고, 또 일변 조사를 한 결과 그대는 조선문인협회의 회원으로 대단히 열심이 있는 사람이 판명이 되었고 해서 이번 일은 특별히 용서를 하는 것이니 응?"

"네."

나는 실상 서울에 가 있었으면서도 그 협의회는 참석을 아니하였다. 회의 경과도 그래서 노상에서 우연히 OOO를 만나서 이야기로 들었을 따름이었다.

또 형사는 조사를 해본 결과 어쩌고 하였지

만 내가 그 뒤에 서울로 가서 알아본 것에는 개성경찰서로부터 문인협회서 나에 대한 신분의 조회같은 것은 온 것이 전혀 없었던 모양이었다.

"또 다른 세 사람은 나이알라 아직들 어리고 한데 전과자의 신분을 가져서는 정상이 가긍할 뿐 아니라 장차 나라를 위해 일을 할 때에도 상치가 될 것이요 해서 십분 용서를 하는 것이니 응?"

"네."

"이훌랑 각별히 주의를 하고 더욱더욱 나랏일에 충성을 해야 해."

"네."

"이다음 만일 무슨 불미한 일이 있으면 그때는 일호 용서 없다?"

"네."

돈의 힘으로 경찰서를 쥐락펴락하고 형사나 순사 나부랭이를 하인 부리듯 하는 개성 제일 갑부의 젊은 자제가 나의 가형과 친구의 청을 받고 그 두 형사를 불러 술을 먹이는 길에 이 꺽지 같은 자식들아 할 일이 없거든 발바닥이나 긁고 앉았지 그 사람이 무슨 죄가 있다고 때려 가두어놓고는 지랄들이냐고 시퍼렇게 지청구를 해주더라는 소식을 놓여나와서 들었다.

그것이 보람이 있기도 하였겠지만 결정적인 것은 역시 문인협회의 한 장 엽서였던 듯싶었다.

문인협회에 대한 대답 가운데 요긴한 것은 임시로 그 자리에서 나에게 유리하도록 꾸며댄 대문이 많았으나 아무튼 대일협력이라는 주권株券의 이윤利閏이 어떠하다는 것을 실지로 배운 것이 이 개성 사건이었다.

나중 가서야 어찌 되었든 우선 당장은 나아가지 않더라도 새끼로 목을 얽어 끌어내지는 아니할 것이며 누워서 배길 수가 없잖아 있는 소위 미영격멸국민총궐기대회의 강연을 피하려 않고서 내 발로 걸어 나갔던 것은 그처럼 대일협력의 이윤이 어떻다는 것을 안 것이 있었기 때문이었다.

많은 수효의 영리한 사람들이 저의 이익과

안전을 도모하기 위하여 진심으로 일본 사람을 따랐다.

역시 적지 아니한 수효의 사람이 핍박을 받을 용기가 없어 일본사람에게 복종을 하였다.

복종이 싫고 용기가 있는 사람은 외국으로 달리어 민족해방의 투쟁을 하였다. 더 용맹한 사람들은 외국으로 망명도 않고 지하로 숨어 다니면서 꾸준히 투쟁을 하였다.

용맹하지도 못한 동시에 영리하지도 못한 나는 결국 본심도 아니면서 겉으로 복종이나 하는 용렬하고 나약한 지이비의 부류에 들고 만 것이었다.

3

눈이 쌓이고, 한참 춘 2월 초생이었다.

송화군松禾郡에서 맡은 곳을 다 마치고 마지막 풍천읍豊川邑에서의 길이었다.

강연을 마치고 나니, 다음 예정지로 가는 버스가 두 시간 후에 떠나는 것이 있었다.

 주인 편의 여러 사람과 점심을 먹고 있는데, 밖에서 손님이 찾는다는 전갈이 들어왔다.

 이 고장에 알 사람이라고는 없는데 하고 의아해하면서 나가보았더니, 초면의 두 청년이었다. 하나는 건장하고, 하나는 그와 정반대로 얼굴이 병적으로 창백하고 몸이 파리한 대조적인 두 사람이었다.

 나는 그들이 모르는 사람인 것을 발견하는 순간 가슴이 더럭하였다. 그러나 한편으로는 반가웠다.

 그동안 다섯 차례를 강연을 하였는데, 청중 가운데 밀끔밀끔하니 땟물이 벗고, 표정이 다부진 청년들이 한 패씩 들어와 있지 않은 자리가 없었건만, 내가 강연이랍시고 맨 멀쩡한 소리를 지껄이고 섰어도, 단 한번인들

 "개수작 집어치워라"

하고 고함치는 사람이 있는 것을 보지 못하였다.

황차, 밤 같은 때 사처로 달려들어 몰매질을 하고 있는 따위는 싹도 볼 수가 없었다.

안전과 무사가 물론 다행치 아니한 것은 아니었다. 그러나 젊은 사람들까지가 이다지도 기운이 죽었는가 하면 적막하고 슬펐다.

그러던 차라, 미지의 젊은 사람네의 찾음을 만나니 가슴 더럭한 것과는 따로이, 여기는 그래도 기개 있는 젊은이가 있는 것이나 아닌가, 노백린盧伯麟씨의 생지기 그래도 다른가 보다 싶어, 그래 반가운 생각이 들던 것이었다.

그러나 나는 그들이 너무도 적의가 없어 보이고, 말이랑이 공순한 것이며, 또 몰매질을 하러 온 것으로는 단둘이라는 것이 과히 단출한 것이며에 이내 도로 안심과 실망을 함께 느꼈다.

건장한 편이 노盧군, 창백하고 파리한 편이 이李군이었다.

수인사가 끝난 후 노군이 물었다.

"선생님, 언제 떠나시죠?"

"이따, 오후 버스로 떠나기루 했습니다."

나의 대답에 둘은 문득 절망을 하면서 다시 노군이

"웬만하시면 낼 아침 버스로 떠나시게 하시구서, 오늘 저녁 저희들허구 좀 만나주셨으면……."

"예정이 있어놔서 그럽니다."

둘이는 서로 보면서 못내 섭섭해하다가, 이군이 이번엔 묻는다.

"정 그러시다면 단 한 시간이나 삼십 분이라두 여기서 점심이 끝나시는 대루 저희허구 좀."

"그럭허십시오."

주먹이 나올지 팥죽이 나올지 그것은 나중 보아야 할 일이요, 나는 나로서 지방의 젊은이들이 이 판국에 바야흐로 무엇을 생각하며 무엇을 바라며 하는지를 아는 것도 일종의 의무처럼 생색 있는 일이었다.

첩경 그러기가 쉽듯이, 점심자리가 술자리로 벌어지는 것을 속히 속히 끝내게 하느라고 하기는 하였지만, 워낙 시간의 여유가 많지 못했던 소치로 젊은이들이 기다리는 자리는 가 앉았다 그대로 일어서야 할 만큼 시간은 촉박하였다.

사과와 과실과 차를 준비하여 놓은 자리에, 노군과 이군 외에 한 또래의 청년이 두어 사람과, 하나는 음악을 하나는 문학을 각기 좋아한다는 소녀도 둘이 와서 있었다.

다시 초면 인사를 하고, 둘러앉아서 한 잔씩의 차를 마시기가 바쁘게, 버스는 떠날 시간이 되었다.

노군과 이군이 서로가람, 내일 아침에 떠나도록 하고, 하룻밤 자기들과 이야기를 하여주어 달라고, 지방에서는 선배들을 항상 그리워하는데 모처럼 기회를 그냥 놓치기가 여간 섭섭지 않다고 간곡히 만류를 하였다.

나는 그날 풍천읍을 떠나 송화온천까지 가 거기서 장연長淵으로부터 나를 맞으러 오는 사람과 만나, 다음 날 장연으로 가서 준비를 하여가지고, 그다음날부터 강연을 하기로 다 배비가 되어 있었다. 그러나 나는 장연 편과 연락에 어긋이 나고, 가사 그래서 장연에서의 예정에 상치가 생기는 한이 있다더라도 이 젊은이들의 만류를 뿌리치고 일어설수는 없었다.

밤에는 열둘인가로 사람이 더 불었다.

20으로부터 24, 5세까지의 대개는 중등 이상의 학력을 가진 모두가 준수한 젊은이들이었다.

한 청년이 말하였다.

"우리는 시방 앞날이 깜깜합니다. 자꾸만 비관이 됩니다. 어떻게 하면 좋을지 모르겠어요."

나는 단박에 대답이 막혔다.

그야 대답을 하기로 들면, 시원히 하여줄 말이 없는 것은 아니었다. 그러나 이 10여 명 이상이나 모인 사람들이, 그 사람들은 막상 다 미더운 사람들이라고 하더라도, 내가 이 자리에서 한 말이 한 집 건너고 두 입 건너 필경엔 경찰의 귀에까지 들어가지 말란 법이 없다는 것을 어떻게 보장할 것인고.

명색이 선배라고 믿고서 그들은 진심엣 호소를 하던 것이었다.

모인 전부가 낮에 강연회에도 와서 들었다고 한다. 그러니 낮에 강연회에서 지껄인 소리는 본의가 아니고 할 수 없이 그런 것이요, 진심은 그렇지 않거니 이렇게 나를 믿고서 자기네도 진심을 토로함이었다.

소문이 퍼질까 저어하여, 경찰의 형벌이 두려워, 이 나를 믿고서 와 안기어 고민을 호소하는 젊은이들의 진심에 대하여, 한가지로 진심이지 못하는 나의 비겁함 그 용렬스러움.

나는 나 자신이 야속하고 또한 슬펐다.

"너무 범위가 막연한데…… 가령 어떤 방면으로 말이지요?"

나는 아무려나 우선 이렇게 반문을 하였다.

"여기 모인 우린 태반이, 증병이나 학병으로 끌려나가야 할 사람입니다. 끌려나가서 개주검을 해야 합니까?"

나는 등에 찬물을 끼얹는 것 같았다.

여럿은 먹기를 멈추고, 긴장하여 나의 대답을 기다렸다.

"우리가 앞으로 살아나가는 데 일본사람과 꼭같은 권리를 주장하자면, 피도 좀 흘려야 아니할까요? 피를 흘리면 흘린 피의 대가를 요구할 권리가 생기지 아니합니까?"

"네…… 그렇지만……."

그는 불만한 눈치였다.

그 불만이어 하는 것이 만족해하느니보다 얼마나 다행스러운지 몰랐다.

이어서 다른 사람이 말을 하였다.

"도무지 차별 대우가 아니꺼워서 못 견데겠어요."

"차별 대우를 받지 않도록 우리두 실력을 가져야 하겠지요. 문화적으로나 경제적으로나, 그 사람네보다 떨어지지 않는 수준에 도달해야 하겠지요. 우리 전체가 노력을 해서, 그만한 실력을 가지는 다음에야 언감히 우리를 하시하겠습니까?"

"같은 학교를 같은 해에 일본아이는 꼴지루, 조선사람은 첫찌루 졸업을 했는데, 한날한시에 들어간 회사에서 월급이 우선 다르지요. 일본아이는 조금 있으면 승차를 하는데, 조선사람은 만날 그 자리지요. 실력두 별수가 없잖아요?"

"개인으로는 우리가 일본사람보다 나을 사람이 있다지만, 전체로야 어디 그렇습니까? 우리 전체가 일본사람 전체보다 나은, 적어도 같은 수준에 이르도록 실력을 가져야 하고, 그때를 기대려야 하겠지요."

이 실력론이나 먼저의 피의 대가의 주장론, 친일파 가운데에서도 제소위 진보적이라고 하고, 내선일체주의자라는 이름으로 불리는 극단파에서 하는 주장이었다. 그러기 때문에 그들은, 친일파는 친일파이면서도 총독부와 군부의 미움과 주목을 받는 패들이었다.

나는 목마른 젊은이들이 바라는 한 그릇의 시원한 냉수를 주는 대신, 그런 친일파의 괴설을 빌려 결국 한 숟갈의 쓰디쓴 소태를 주고 만 셈이었다.

뼈다귀가 부러지거나 골병이 들도록 늑신 몰매를 맞느니보다도 더 아픈 마음을 안고 사관으로 돌아가 누웠다.

잠을 이루지 못해 하는데, 이군이 혼자 찾아왔다.

"사람을, 이 사람 저 사람 너무 여럿을 오게 해서 선생님 퍽 거북하셨을 줄 압니다. 그러나 사람들은 다 안심할 수 있는 사람들입니다."

이군은 두 무릎을 단정히 꿇고 앉아서 사과 겸 변명을 한 후에

"어떡하면 좋겠습니까 선생님?"

하고 침통히 묻는 것이었다. 징병이며 학병에 대한 것이었다.

나는 서슴지 않고 대답하였다.

"되도록 나가지 말라고 권하고 싶습니다, 무슨 수단을 써서든지."

"……."

말없이 나를 보는 이군의 그 창백한 얼굴은 빛났다. 눈에는 눈물이 고였다. 고인 눈물이 인하여 넘쳐흘렀다.

나도 눈가가 뜨거웠다.

"이왕 한마디 부탁이 있소이다. 꿋꿋한 정신을 길르구 지켜주십시오. 강한 자에게 굽혀 목전의 구차한 안전을 도모하는 타협 생활보다, 핍박을 받을지언정 굽히지 않고 도리어 그와 싸워 물리치겠다는 꿋꿋한 정신을 길르구 이겨주십시오. 우리가 과거 수천년래 대륙 민족의 압제를 받은 것이나 오늘날 일본의 종노릇을 하게 된 것이나, 우리를 침해하고 우리를 억누르는 외적과 마조 싸워내는 꿋꿋한 정신이 모자랐기 때문입니다. 강한 자에게 굽히고 아첨하여 구차한 일시 일시의 안전만을 도모하는 타협주의 이것이 우리 민족성의 큰 결함입니다. 오늘의 우리의 불행은 이 민족성의 결함에서 온 것이요, 그 결함을 고치지 않는 이상 우리는 민족적으로 멸망을 당하거나, 내일도 오늘처럼 영원히 불행할 것입니다. 시방 우리한테 특별히 젊은이들한테 절절하게 필요한 것은, 굴치 않고 싸워내는 꿋꿋한 정신입니다. 그렇지만 그것도 한 사람 한사람이 따로따로이만 꿋꿋했자 아모 소용도 닿지 않습니다. 여럿이 모이는데서 비로소 힘이 생기는 것입니다."

"……"

이군은 머리를 수긋하고 듣고만 있었다.

나는 음성을 고치어 그다음 말을 하였다.

"그러나, 조심하십시오. 첫째 서로 친하다는

것과 믿고서 속을 줄 수 있는 사람이라는 것과는 다른 것입니다. 둘째 혈기를 삼가시오. 혈기는 경솔과 상거가 항상 가차운 것이니까요."

"……."

"그리고 또 한 가지 내 소견을 말하라면, 시방 이 야만된 폭력주의가 아무래도 인류 역사의 노말한 현상은 아닐 것입니다. 정녕 한때의 변조 같습니다. 과히 암담해하거나 실망들은 할라 마십시오. 수히 정상 상태로 돌아갈 날이 올 듯두 합니다."

"고맙습니다, 선생님. 하신 말씀 명심하겠습니다. 믿겠습니다."

이군은 고개를 들고, 아직도 흐르는 눈물을 주먹으로 씻으면서 목멘소리로 숨 가쁘게 그러던 것이었다.

이 밤에 나는 조금은 속이 후련하고 짐이 덜리는 것 같았다. 그러나 계속하여 뭇사람을 모아 놓고 미국 영국은 나쁜 놈들이요. 일본이 옳고,

전쟁은 시방이 한 고패요, 조선사람들은 어서 바삐 증산을 하고 저축을 많이 하고 하여 이 전쟁을 일본의 승리로써 빨리 끝내도록 협력해야 한다는 강연을 하고 다니는 사람—보기 싫은 양서동물両棲動物이 아니되지 못하였다.

그 뒤 1944년 5월에는 작가 다섯 사람과 화가 다섯 사람을 추려 소설가 하나에다 화가 하나를 껴 다섯 패를 만들어가지고, 전라남도 목포의 목조조선소木造造船所, 강원도 영월 무연탄광, 평안북도 강계의 무수알코올無水酒精 공장, 같은 평안북도 용천의 불이농장, 역시 평안북도양시의 알루미늄 공장이 다섯 곳 생산 현장으로 그 한 패씩을 파견하는 한 패에 뽑히어, 나는 양시의 알루미늄 공장으로 갔다. 할 일이라는 것은, 가서 한 일주일 가량씩 묵으면서 생산 현장의 실지 견문을 얻어가지고 돌아와 화가는 증산하는 그림을, 소설가는 증산 소설을 각각 쓰는 것이요, 주최와 발안은 총력연맹 문화과였다.

나는 다녀와서, 2백 자 스무 장인가를 써 내놓았고, 일어로 번역을 누구에겐지 맡겨서 시킨다고 하더니, 그대로 우물쭈물 발표는 되지 않았다. 다시 그해 가을에는 강원도 김화金化로 전년의 황해도 적과 비슷한 강연을 갔다.

이보다 조금 앞서 매일신보에다 연재소설을 쓰기 시작한 것이 있었다.

검열이, 신문사의 편집자를 시켜 작자에게 다짐을 요구하였다. 반드시 시국적인 소설이어야 할 것과, 소설의 경개를 미리 제출할 것과, 그 경개대로 충실히 써나갈 것 등속의 다짐이었다.

유일한 생화가 그때나 지금이나 매문이요, 매문을 아니하고는 2합2작의 배급쌀조차 팔 길이 없는 철빈…… 요구대로 다짐을 두고 쓰기를 시작하였다.

쓰면서 가끔 배신을 하다가, 두어 차례나 불려 들어가 검열관—퇴직순검한테 꾸지람도 듣고, 문학 강의도 듣고 하였다. 잘하나 못 하나 20

년 소설을 썼다는 자가 늙마에 와서 순검한테 문학 강의의 일석을 듣고…….

그러나 일변 생각하면 받아 싼 욕이었다.

바이런인지는 자다가 아침에 깨어보니 제가 그렇게 유명해져 있더라고 하였다지만, 나는 하루아침 잠이 깨어 수렁無底沼 가운데에 들어섰는 나 자신을 발견하였다. 한정 없이 술술 자꾸만 미끄러져 들어가는 대일협력자라는 수렁.

정강이까지는 벌써 미끄러져 들어가 있었다. 그러나 시방이라면 빠져나올 수 없는 것도 아니었다.

만일 이때에 빠져나오지 않는다면, 정강이에서 그다음 너벅다리로, 너벅다리에서 배꼽으로, 배꼽에서 가슴패기로, 모가지로 이마로, 그러고는 영영 퐁당…… 하고 마는 것이었다.

몸은 터럭이 있는 대로 죄다 곤두설 노릇이었다.

서울서 떠나 궁벽한 시골로 가 있기만 한다면

강연 같은 것을 하라고 불러내는 '곶감'의 미끼에 반겨 응하고 나설 기회가 태반 봉쇄될 것이었다.

시골로 가서 있으면 한 가락의 호미가 보리밥의 반량이나마 채워주어, 창녀 못지않은 그 매문질은 아니할 수가 있을 것이었다.

일본의 패전, 그다음에 오는 것의 불안과 공포랄지, 눈에 살기를 머금은 일본 병정들의 등덜미를 겨누는 기관총 부리의 위협이랄지, 이런 것 외에도 멀찍이 궁벽한 시골로 낙향을 하여야만 할 또 한 가지의 다른 사정이란, 곧 이 대일협력의 수렁으로부터의 도피행 그것이다.

그리고 그렇게 하였다.

그러나 결코 용감히 뿌리치고서 일어서고 하였던 바는 아니었다. 역시 나답게 용렬스런 가만한 도피행일 따름이었다.

새삼스럽게 무슨 지조가 우러나는 것이 있었음도 아니었다.

후일에 혹시 문죄罪라도 당하는 날이 있을까

보아 그날에 벌을 가볍게 하자는 계책인 것도 아니었다.

지금까지의 행적을 사는 고장을 옮김으로써 남에게 숨기기라도 하는 것은 더욱이 아니었다. 그런 점으로는 차라리 객지인 광나루가 더 유리하였다.

오직 그 대일협력이라는 사실에서 풍겨나오는 악취 그것이 못 견디게 불쾌하였고, 목전에 그것을 면하고 싶은 지극히 당면적인 간단한 욕망으로서일 뿐이었다.

아무리 정강이께서 도피하여 나왔다고 하더라도, 한번 살에 묻은 대일협력의 불결한 진흙은 나의 두 다리에 신겨진 불멸의 고무장화였다. 씻어도 깎아도 지워지지 않는 영원한 '죄의 표지標識'였다. 창녀가 가정으로 돌아왔다고 그의 생리生理가 숫처녀로 환원되어지는 법은 절대로 없듯이.

또, 정강이께서 미리 도피를 하여 나왔다고 배꼽이나 가슴패기까지 찼던 이보다 자랑스럴 것도 없는 것이었다. 가사 발목께서 도피를 하여 나오고 말았다고 하더라도 대일협력이라는 불결한 진흙이 살에 가 묻었기는 일반인 것이었다. 그러므로 정강이까지 들어갔으나 발목까지만 들어갔으나 훨씬 가슴패기까지 들어갔으나 죄상의 양에 다소는 있을지언정 죄의 표지에 농담濃淡이 유난히 두드러질 것은 없는 것이었다.

4

소개랍시고 고향으로 내려오기는 하였으나 막막하기 다시없었다.

4월이면 여느 때에도 춘궁이니, 보릿고개니 하여 넘기가 어려운 고패인데, 지나간 해가 연사가 좋지 못하였다. 그런 데다 거두지도 못한 벼를 공출로 닥닥 긁어갔다.

그러고는 명색이 배급입네 환원미입네 하고 한 달이면 한 집에 쌀 한두 되에다 썩은 강냉이

몇 되씩을 약 주듯이 주고 있었다.

    백성들은 태반이 하루 한때 풀잎죽으로 아사를 면할락 말락 하면서 누렇게들 떠가지고 춘경이 돌아왔건만 파종할 기운을 내지 못하고 있었다. 우환 중에 보리가 흉년이었다. 백성들은 장차 *10월*까지 이 봄과 여름을 살아나갈 방도가 막연했다. 나의 고향집에는 *80* 넘은 노모와 *60*의 장형 내외가 있었다. 거기에다 나에게 딸린 가솔이 넷.

    이 여덟 식구를 나는 내가 책임을 져야만 하였다.

    쌀은 사기도 어려웠거니와 내가 뭉뚱그려가지고 내려간 *3천 원*의 돈으로 쌀을 사서 먹자면, 한 달을 지탱할까 말까 한 것이었다. 그러나마나는 그 돈 *3천 원*으로 농자農資를 삼아 금년 농사를 지어야 하였다. 붓을 꺾어버린 이상, 서울서처럼 원고료의 수입은 전혀 없을 터였다. 죽으나 사나 농사 한 가지에다 생도生途를 의탁하는밖에 없고, 그리하자면 그 돈 3천 원을 당장 아쉽다고 먹어 없애는 수는 없었다. 나는 하릴없이 80 넘은 노모를 그림자 보이는 나물죽을 드렸다.

배탈이 난 네 살배기 어린놈을, 썩은 배급 강냉이밥을 먹였다.

논水田농사는 숙련된 기술과 나로서는 감당치 못할 울력이 드는 것이라 부득이 비싼 삯꾼을 사 대어야만 하였지만, 밭농사는 아내와 함께 둘이서 하기로 하였다.

가을에 논의 신곡이 날 때까지 보태어 먹을 것으로 서속도 심고 감자도 심었다. 밭벼陸稻도 심었다. 채마도 가꾸었다.

그런 중에도 제일 빨리, 제일 손쉽게 먹을 수 있는 것으로 강냉이와 호박을 구석구석이 돌아가면서 많이 심어놓았다.

아내나 나나 일찍이 하여보지 못한 노릇이라 대단히 힘에 겨웠다. 일쑤 코피를 쏟았다. 가끔 몸살이 나 앓기도 하였다.

몸 고단한 것보다도 더 어려운 것은 시장이었다.

조반은 뜨는 둥 마는 둥, 점심은 없는 날이 많았다. 4, 5월 기나긴 해를 허리띠 졸라매어가면서 땅을 파고 풀을 뽑고 하노라면 석양 때에는 깜박 현기증이 나곤 하였다.

그렇지만 편안히 있다 굶어 죽느냐, 밭고랑에 쓰러져가면서라도 심고 가꾸어 먹고 살아가느냐 하는 단판씨름인지라, 괴로움을 상관할 계제가 아니었다.

5월로 들어 일이 조금 너끈한 틈을 타 서울 걸음을 하였다. 짐을 꾸리어 남의 집에다 맡겨둔 채 내려오지 못한 것을 가 운송편으로 띄우고자 함이었다.

매일신보에 들렀더니, 사회부원이 마침 잘 만났다면서 소개를 가서 지내는 형편을 말하라고 하였다.

무엇보다도 식량 사정이 핍절하노라고, 내 손으로 강냉이를 삼사백 포기, 호박을 오륙십 포기 심어놓고, 그것이 자라서 열매가 열어서 익어서 마침내 시장한 배를 채워줄 날을 침 삼키며 기대면서 일심으로 매가꾸노라고 이런 의미의 대답을 하였다.

그 다음날 지면엔 '소개의 변(疏開의 辯)' 제 2회째던가로 나의 사진과 함께 내가 소개를 가 붓을 드는 여가에 괭이를 들고 땅을 파며 강냉이를 삼사백 포기나, 호박을 오륙십 포기나 심고 하여, 시국하 식량증산 운동에 크게 이바지를 하는 동시에, 농민들에게도 모범을 보이고 있다는 요령의 기사가 잘 씌었다. 고마웠다. 그것으로 징용도 면하고, 주재소의 주목 대신 '존경'도 받고 하였다. 윤의 그

"호박이랑 옥수수랑 많이 수확하겠습디까?"

하고, 빙긋 웃기까지 하면서 하던 노골한 경멸과 조롱은, 이 매일신보의 기사 '소개의 변'에다 두고 한 것이었다.

그러므로 그것은,

"이놈아, 이 민족반역자야."

타매와도 다름이 없는 것이었다.

5

주인 김군이 돌아왔다.

그는 출판을 하자면 선전 소용으로도 부득불 잡지를 조그맣게나마 하나 가져야 하겠다는 것과, 그 첫 호를 쉬이 내고자 하니 누구보다도 자네들 두 사람이 편집 방침으로든지 원고로든지 적극적으로 도와주어야 하겠다는 것을 간단히 이야기한 후에 나더러 먼저

"우선 자넬랑은 소설을 한 편 짤막하구두 썩 이쁘장스런 걸루다 한편, 기한은 이 주일 안으루…… 이건 '명령적 성질을 가진' 것야 위반을 했단 괜히."

"어떻게 생긴 소설이 그 이쁘장스런 소설인구?"

나는 농 삼아서라도 이렇게 반문할밖에.

"가령 옐 든다면, 자네가 이번에 XX에다 쓴 《맹순사》 같은 소설은 도저히 이쁘장스런 소설이 아니니깐."

"그렇다면, 다른 사람더러 부탁하는 게 술 결."

"이왕 말이 났으니 말이지, 8·15 이후 여지껏 침묵하고 있다 첫 작품이 그런 거라군 좀 섭섭하데이."

"재조가 그뿐인 걸 어떡허나?"

나는 차라리 그 지리에 윤이 있시 않았다면

"대작을 쓰느라구 침묵했던 줄 알았던감?"

하였을 것이었다.

"인전 소설두들 쓰기 편허죠?"

윤이 거들고 묻는 말이었다.

"노상 그렇지두 않은 것 같습디다. 검열이 없어지구 보니깐, 인력거꾼이 마라송은 잘 못 하듯기."

"아, 내선일체 소설들두 썼을랴드냐 지금야."

"……."

검열이 없어지기 때문에 긴장이 풀려서 도리어 쓰기가 헛심이 쓰인다는 말에 대한 반박이

'내선일체 소설도 썼을랴드냐'

라니 당치도 아니한 소리였다.

자못 탈선이었다.

나를 욕하고 싶어 생트집을 잡는 노릇이었다.

나는 속에서 뭉클하고 가슴으로 치닫는 것을 삼키고 참았다. 아니 참고 대들었자 무엇 뀐 놈이 성낸다는 꼴이요, 치소나 더할 따름이었다.

험해지는 공기를 눈치 채고, 김군이 얼른 말머리를 돌려놓는다.

"소설은 아무턴 그럭허기루 허구. 윤군 자넬랑은 이걸 좀 써주겠나? 패전을 통해 본 일본인의 민족기질."

"내 영역두 아니지만, 그런 게 무슨 제목거리가 되나?"

"삼기루 들면 크지. 난 그래 좌담회라두 열까 했지만 그럴 것꺼진 없구. 아 학생들이 심지어 중학생꺼지두 십 년 후에 보자면서 요새 여간 긴장과 열심들이 아니래잖아? 그런데 한편으로 재밌는 모순은 딱 전쟁에 지구 나니깐 그 흘개 빠지구 비굴하던 꼬락사닐 좀 보란 말야. 세상 앙칼지구 기승스럽구 도고허구 하던 거, 그거 일조에 다 어디루 가구서들, 그따위루 비굴하구 반편스럽구 겁 많구 하느냐 말야. 난 사실 일본이 전쟁에 져 항복을 하는 날이면 굉장히 자살들을 하구 나가자빠지려니 했었는데, 웬걸… 더구나 지도자들, 고런 얌체빠지구 뻔뻔스럽다군. 그중에서두 조선 나와 있던 놈들, 그 기강氣焰, 그 교만, 다 어떡허구서… 무엇이냐 고천古川 이놈은 함북지사루 갔다 게서 붙잡힌 채 경찰서 고쓰까이질을 하구 있더라구?"

"흥, 남말을 왜 해."

윤은 그러면서 입을 삐쭉

"명색이 지도자놈들이 얌체 빠지구 뻔뻔스런 건 하필 왜놈들뿐이던가? 조선놈들은 어떻길래?"

"조선사람 문젠 그 제목엔 관계가 없으니깐 잠깐 보류하구……."

김군이 나의 낯꽃을 살피면서 그러던 것이나, 윤은 묵살하고 그대로 계속하여

"왜놈들의 주구走狗가 돼가지구 온갖 아첨 다 하구, 비윌 맞추구 하면서 순진한 청년 어리석은 백성을 모아놓군 구린내 나는 아굴지 루다 지껄인닷 소리가, 소위 예술가니 평론가니 하는 놈들은 썩어빠진 붓토막으로 끼적거려 낸닷 소리가, 황국신민이 되라 하기, 내선일체를 하라하기. 미국 영국은 도둑놈이요 불의하구 전쟁에는 반드시 지구 멸망할 운명에 있구, 일본은 위대하구 정의요 전쟁엔 반드시 이기구 영원투룩 번영할 터이구 하다면서. 그러니 지원병에 나가구 학병에 나가구 증병에 나가 일본을 위해 개주검을 하라구 꼬이구 조르기. 굶어 죽더라두 농사한 건 있

는 대루 죄다 공출에 바치라구 꼬이구 조르기. 가족은 유리하구 집안은 망하더라두 증용에 나가라구 꼬이구 조르기⋯⋯."

"너무 과격해. 너무 과격해. 잡지 편집 회의룬 탈선야."

"개중에두 제 소위 소설가니 시인이니 하는 놈들⋯⋯."

그러다 윤은 나를 흘끗 돌려다 보면서—그것은 차마 정시하기 어려운, 적의와 증오로 찬 얼굴이었다—그런 얼굴로 나를 돌려다 보면서

"비단 당신 하나를 두구시 하는 말이 아니니, 어찌 생각은 마슈"

하고는 도로 김군더러

"잘하나 못 하나 소설이니 시니 해서 예술일 것 같으면 양심의 활동이요, 진리의 탐구와 그 표현이 아니냐 말야. 물론 소설가나 시인두 사람인 이상 입으룬 거짓말을 한다구 하겠지만, 붓으룬 거짓말을 하길 싫여하는 법인데, 또 해필 아

니 되는 법인데, 그래 멀쩡한 거짓말루다 황국신민 소설, 내선일체 소설을 쓰구, 조선 청년이 강제 모병에 끌려나가 우리의 해방에 방해되는 희생을 하구 한 걸 감격하구 영웅화하는 걸 쓰구 했으니 그게 예술가야? 예술과 예술가의 이름을 똥칠한 놈들이요, 뱃속에가 진실과 선과 미를 찾아 마지않는 양심 대신, 구더기만 움덕거리는 놈들이 아니구 무어야?"

"대관절 이 사람, 패전을 통해 본 일본인의 민족 기질을 써줄 심인가말 심인가?"

"그랬거들랑 저윽히 인간적 양심의 반 조각이라두 남은 놈들이라면, 8·15를 당해 조금이라두 뉘우치는, 부꾸러하는 무엇이 있어야 할 거 아냐? 제법 보꾹에다 목을 매구 늘어지던 못 한다구 할 값이라두, 죽은 듯이 아무 소리 말구 처박혀 있기나 했어야 할 게 아냐? 그런데 글쎄, 그러기는커녕 8·15 소리가 울리기가 무섭게 정말 나서야 할 사람보담두 저이가 먼저 나서가지구—

진소위 선가 없는 놈이 배 먼점 오른다는격이었다—그래가지군, 바루 그 전날꺼지, 그 전날꺼지가 무어야, 그날 아침꺼지두 총독부 군부루 총력연맹으로 쫓어댕기구 일본을 상전처럼 어미 아범처럼 떠받치구 미국 영국을 불공대천지 원수루 저주 공격하구, 백성들더러 어째서 황국신민이 아니 되느냐구, 어째서 증병이며 증용을 꺼려 하느냐구, 어째서 공출을 잘 아니 내느냐구 꾸짖구 호령하구 하던 그 아굴지, 그 붓토막으루다, 온 아무리 낯바닥이 쇠가죽같이 두껍기루소니 몇 시간이 못 되 그 아굴지 그 붓토막으루다 눌러 그대루, 악독한 우리의 원수 왜놈은 굴복했다, 우리를 피 빨아 먹던 강도 왜놈은 물러갔다, 우리의 민족정신을 말살하려 황국신민이니 내선일체니 하던 기만의 통치와 지배는 무너졌다. 강제 모병 강제 증용 강제 증발의 온갖 압박과 착취의 쇠사슬은 끊어졌다. 자 해방이다. 사천년의 유구한 역사와 찬란한 문화와 독자한 전통으로 빚어진 삼천만 겨레의 민족혼은 제국주의 일본과 36년 꾸준히 싸워왔다. 그러고 지금이야 삼천리강산에 해방이 왔다. 자 건국이다, 너두나두 다토아 건국에 몸을 바치자. 그러나 친일파와 민족반역자를 처단하라. 그놈들은 왜놈에게 민족을 팔아먹은 놈들이다. 왜놈들이다. 왜놈보다 더 악독하게 우리를 괴롭힌 놈들이다. 오오, 우리의 해방의 은인이 온다. 위대한 정의의 사도 연합군을 맞이하자. 이런 소리가 아무려면 그래 제 얼굴이 간지라워서라두, 제 계집자식이 면괴스러워서라두 차마 지껄여지며 써지느냐 말야. 오늘은 이李가의 내일은 김金가의 품으로 굴러 댕기는 매춘부는 차라리 동정할 여지나 있지. 고따위루 비루하구 얌체 빠지구 뻔뻔스런 것들이 그게 사람야? 개도야지만두 못 한 것들이지. 도둑놈의 개두 제 주인은 섬길줄은 안다구 아니해?"

"자, 인전 엔간치 막설하는 게 어때? 그만하면 자네란 사람이 얼마나 박절한 사람이란 건 넉넉히 설명이 됐으니."

 김군은 조금 아까부터 신문을 오려 스크랩에 붙이고 있었다.

 김군의 음성은 자못 준절하였다. 얼굴도 그러하였다.

 김군은 졸연히 흥분을 하거나 분노를 겉으로 드러내거나 하는 사람이 아니었다. 그러므로 시방 그만 정도의 준절한 음성과 얼굴은 다른 사람의 웬만큼 성이 난 것이나 일반으로 보아도 무방하였다.

 윤은 상관 않고 하던 말을 최후까지 계속한다.

 "난 그러니깐, 그런 개도야지만 못 한 것들이 숙청이 되기 전엔 건국 사업이구 무엇이구 나서구 싶질 않아. 도저히 그런 더러운 무리들과 동석은 할 생각이 없어."

 "사람이 자네처럼 그렇게 하찮은 자랑을 가지구 분수 이상으로 남한테 가혹해선 자네 일신상두 이롭지가 못하구 세상에두 용납을 못 하구......"

"무어? 하찮은 자랑이라구? 분수 이상이라구?"

윤은 퍼르등해서 대든다.

김군은 일하던 것을 놓고, 두 팔로 턱을 고이고 탁자 너머로 윤을 마주 보면서 응한다.

"윤군 자네, 나를 대일협력을 했다구 보나? 아니했다구 보나?"

"했지, 그럼 아니해?"

"적실히 했다구 보지? 그런데 자네 일찍이 조선사람 지도자나 지식층에 대한 일본의 공세―총독부의 소위 고등 정책이라는 거 말일세. 거기 대해서 반격을 해본 일이 있는가?"

"......"

"손쉽게, 총력연맹이나 시굴 경찰서에서 자네더러 시국 강연을 해달라는 교섭 받은 적 있었나?"

"없지."

"원고는?"

"없지. 신문사 고만두면서 이내 시굴루 내려가 있었으니깐."

"몰라 물은 게 아닐세. 그러니 첫째 왈 자넨 자네의 지조의 경도(硬度)를 시험받을 적극적 기획 가저보지 못한 사람. 합격품인지 불합격품인지 아직 그 판이 나서지 않은 미시험품. 알아들어?"

"그래서?"

"남구루 치면, 단 한 번이래두 도끼루 찍힘을 당해본 적이 없는 남구야. 한 번 찍어 넘어갔을는지, 디 섯 번 얼 빈에 넘어갔을는지 혹은 백 번 천 번을 찍혀두 영영 넘어가지 않았을는지, 걸 알 수가 없지 않은가?"

"그래서?"

"그러니깐 자네의 지조의 경도란 미지수여든. 자네가 혹시 그동안 꾸준히 투쟁을 계속해 온 좌익운동의 투사들이나 민족주의 진영의 몇몇 지도자들처럼, 백 번 천 번의 찍음에 넘어가지 않구서 오늘날의 온전을 지탱한 그런 지조란 다면, 그야 자랑두 하자면 하염즉하겠지. 그러지 못한 남을 나무랄 계제두 있자면 있겠지. 그러나 어린아이한테 맡기기두 조심되는 한 개의 계란일는지, 소가 밟아두 깨지지 않을 자라등일는지 하여튼 미시험의 지조를 가지구 함부루 자랑을 삼구 남을 멸시하구 한다는 건, 매양 분수에 벗는 노릇이 아닐까?"

"내가 무슨 자랑으로 그런대나?"

"의식적이건 무의식적이건…… 그리구 둘째루 자넨 자네의 결백을 횡재한 사람."

"결백을 횡재하다께?"

"자네와 나와 한 신문사의 같은 자리에 있다가 자넨 사직을 하구 나가는데 난 머물러 있지 않았던가?"

"그래서?"

"그것이 난 신문기자의 직업을 버리구 나면 이튿날버틈 목구멍을 보전치 못할 테니깐, 그대루 머물러 있으면서 신문을 만들어냈구, 그 신문을 맨드는 데에 종사한 것이 자네의 이른바 나의 대일협력이 아닌가?"

"그렇지."

"그런데 자넨 월급봉투에다 목구멍을 틀얹지 않드래두 자네 어룬이 부자니깐, 먹구사는 격정은 없는 사람이라 선뜻 신문기자의 직업을 버리구 말았기 때문에 자넨 신문을 만든다는 대일협력을 아니한 사람, 그렇지 않은가?"

"그래서?"

"그렇다면, 걸 새산적 운명이라구나 할는지, 내가 결백할 수가 없다는 건 가난했기 때문이요, 자네가 결백할 수가 있었다는 건 부잣집 아들이었기 때문이요 그것밖엔 더 있나? 자네와 나와를 비교·대조해서 볼 땐 적어두 그렇잖아? 물론 가난하다구서 절개를 팔아먹었다는 것이 부꾸런 노릇이야 부꾸런 노릇이지. 또 오늘이라두 민족의 심판을 받는다면, 지은 죄만치 복죄伏罪할 각오

가 없는 배두 아니구. 그렇지만 자네같이 단지 부자 아버질 둔 덕분에 팔아먹지 아니할 수가 있었다는 절개두 와락 자랑거린 아닐 상부르이."

"그건 진부한 형식논리요 결국은 억담. 월급쟁이가 반드시 신문사 밥만 먹어야 한다는 법은 있던가? 신문기자 말구 달리 얼마던지 월급쟁이질을 할 자리가 있지 않아?"

"가령? 은행원?"

"은행이던지, 보통 영리회사던지."

"은행은 대일협력 아니하구서 초연했던가?"

"하다못해 땅은 못 파먹어?"

"……."

김군은 어처구니가 없다고 뻔히 윤을 바라보다가

"철이 안직 덜 났단 말인가? 일부러 우김질을 하자는 심인가?"

"말을 좀 삼가는 게 어때?"

"진정이라면 나두 묻거니와 나랄지 혹은 그

밖에 자네와 가차운 친구루 불쾌한 세상을 버리구 시굴루가 땅이라두 파먹을까 하구서 자네더러 얼마간의 토지를 빌리라구 했을 경우에, 선뜻 그것을 받아줄 마음의준비가 있었던가?"

"누가 그런 계획은 했으며, 나더러 와 토질 달라구 한 사람은 있어?"

"옳아. 달란 말을 아니했으니깐 주지 아니했다. 그럼 그건 불문에 넘기구. 자네 말대루 시골루 가 땅을 파…… 농민이 되는 거였다?"

"그렇지."

"신문기사가 신문을 맨드는 건 대일협력이구, 농민이 농사해서 벼 공출해서 왜놈과 왜놈의 병정이 배불리 먹구 전쟁을 하게 한 건 대일협력이 아닌가?"

"지도자와 피지도자라는 차이가 있지 않아? 신문은 대일협력을 시키구 농민은 따라가구 한 그 차이가 적은 차일까?"

"농민들이 벼 공출을 한 것이나, 젊은 사람들

이 지원병과 학병에 나간 것이나 완전히 조선사람 선배랄지 지도자의 말을 듣구서 비로소 공출을 하구 병정에 나가구 한 거라면, 지식칭의 대일협력자만은 백이면 백, 천이면 천 죄다 목을 잘라야지. 그렇지만 여보게 윤군. 농민 만 명더러 일일이 물어본다구 하세. 구장과 면직원의 등쌀에, 순사들이 들끓어 나와 뒤져가구 숨겨둔 걸 내놓으라구 유치장에다 가두구서 때리구 하는 바람에 공출을 했느냐. 모모한 사람들이 연설루, 소설루 신문에서 공출을 해야 한다구 하는 말을 듣구 그런가 보다 여기구서 자진해 공출을 했느냐. 아주 곧이곧대루 대답을 하라구. 한다면 모르면 모르되, 나는 구장이나 면직원의 등쌀에, 순사와 형벌이 무서워서 억지루 공출을 낸 것이 아니라 어떤 조선 양반의 강연을 듣구 옳게 여겨서, 어떤 소설을 읽구 감동이 돼서, 아모 때의 신문을 보구 좋게 생각이 들어서, 그래 우러나는 마음으로 공출을 했소 대답할 농민은

만 명에 한 명두 어려우리. 지원병이나 학병두 역시 같은 대답일 것이구…… 도대체가 당년의 조선사람들이, 더욱이 청년들이 대일협력을 하구 댕기는 지도자란 위인들이 하는 소릴 신용을 한 줄 아나? 신용은 고사요. 자네 말따나 개도야지만두 못알았더라네. 그런 지도자 명색들의 말을 듣구서 공출을 했을 게 어딨으며, 지원병이니 학병이니 나갔을 게 어딨어? 왜놈이나 공관리들의 강제에 못 이겨 했기 아니면, 저이는 저이대루 호신지책으루 한 거지."

"자네 논법대루 하자면, 그럼 친일파나 민족반역잔 한 놈두 없구 말겠네나그려?"

"지금 이 방 안에만 해두 사람이 셋이 모인 가운데 둘이 민족반역잔데 없어?"

"처단할 놈 말야."

"많지. 그렇지만 벌이라는 건 그 범죄가 끼친 영향을 참작하구 범죄자의 정상을 참작하구, 그리구 범죄 이후의 심리와 행동을 참작하구, 그래

가지구 처단에 경중이 있어야 하는 법이지, 자네 같을래서야 삼천만 가운데 장정의 태반은 죽이자구 할 테니, 그야말루 뿔을 바루잡으려다가 솔 죽이는 격이 아니겠는가?"

"웬만한 놈은 죄다 쓸어 숙청은 해야지, 관대했다간 건국에 큰 방해야. 삼팔 이북에서 하듯기 해야만 해. 그리구 난 누가 무슨 말을 하거나, 그 비루하구 얌체 빠지구 뻔뻔스럽구 한 인간성 그게 싫여. 소름이 끼치두룩 싫구 얄미워. 그런 것들과 조선사람이라는 이름을 같이한다는 것꺼지두 욕스럽고 불쾌해."

김군은 노상 김군 자신의, 일제시대에 신문이나 만들었다는 실상 문제 이하의 대일협력 사실을 구구히 발명하자는 의사라느니보다도, 하도 민망하던 나머지, 그의 두루춘풍 식의 처세법을 잠시 훼절을 하고, 나를 위해 윤에게 싸움을 걸었던 것이었다.

그러나 김군의 대일협력자에 대한 변호는 윤

의 말이 아니라도, 억지에 형식 논리에 기울어진, 그래서 대체가 모두 옹색스럽고 공극투성이였다.

가사, 완전히 변호되었다고 하더라도 피고 격인 내가 우선

"아니, 검사의 논고가 옳고, 변호인의 주장은 아모 소용도 없어."

이런 심리 상태인 데야 더욱 말할 나위도 없었다.

또, 윤의 지조나 결백 문젠데, 이것은 더구나 문제가 아니었다. 윤의 지조가 아무리 미시험의 것이기로니, 결백이 재산의 덕분이기로니, 죄인을 공격할 자격이 없으란 법은 없는 것이었다.

이윽히 기다려도, 윤은 더는 말이 없었다.

나는 이 자리에서의 나의 의무를 다한 것으로 알고 김군과 윤을 작별한 후 P사를 나왔다.

나의 얼굴의 한 점의 핏기도 없어지고 만 것을 나는 거울은 보지 아니하고도 진작부터 알

수가 있었다.

　김군이 뒤미처 따라나와 아래층까지 배웅을 하여주었다.

　"일수가 나뻤나 보이."

　김군이 작별로 잡았던 손을 풀고 웃으면서 하는 말이었다. 나도 웃으면서 한마디 하였다. 그러나 김군에게는 울음같이 보였을는지도 몰랐다.

　"죽기만 많이 못한가 보이."

　그랬더니 김군은 고개를 가로 여러 번 저으면서

　"이왕 깨끗했을 제 분사를 못 했을 바엔 때가 묻어가지구 괴사라니 더욱 치사스러이."

　듣고 보니 적절하였다. 빈틈없이 적절하였다.

　그 빈틈없이 적절한 말을 해버리는 김군이 나는 문득 원망스러웠다.

　"자네가 오히려 시어미로세."

　거리에 나서니 가벼운 현기가 났다.

　흐렸던 하늘에서는 어느덧 심란스런 비가 내리고 있었다. 사람과 건물과, 거리로 된 세상이, P

사를 들르던 한 시간 전과는 어디인지 달라져 보였다.

6

집으로 돌아와, 병난 사람처럼 오늘까지 꼬박 보름을 누워 있었다. 조반보다도 점심에 가까운 나 혼자의 밥상을 받고 앉아서 아내더러 밑도 끝도 없이 말을 내었다.

"도루 시굴루 내려갑시다."

"……."

아내는 놀라지 않는다.

아무렇지도 않게 출입을 나갔던 사람이, 별안간 죽을상이 되어가지고 돌아와, 처음엔 병인가 하였으나 보아하니 병은 아니어. 그러면서도 여러 날을 앓는 사람처럼 누워 있어.

정녕 밖에서 무슨 사단이 있었거니 하였다. 그러자 불쑥 그런 말을 내어. 일변 해방 후로부터 더럭 동요가 된 심경은 모르지 않는 터이라, 그 사단이라는 것이 어떠한 성질의 것이었음을 짐작할 수 있었을 것이었다.

아내는 한참 만에야 대답이다. 그는 언제고 나보다는 침착하고 현실적인 사람이었다.

"내려가얄 사정이면 내려가는 것이지만서두…… 내려가니, 가서 살 도리가 있어야 말이죠."

"……."

"낯모르구 아무 반연 없는 고장으룬 갈 수가 없구, 가자면 매양 고향 아녜요? 그 벽강궁촌에서 취직 같은 거래두 할 기관이 있어요? 천생 농사밖엔 없는데, 작년 일년 지나본 배, 어디……."

작년 일년 가 있으면서 농사라고 하여본 경험의 결론은, 우리 같은 사람은 도저히 농사를 해먹고 살 수 있는 사람이 아니라는 것이었다. 우리의 체력이 우리의 가족을 먹일 만한 농사를 해내기엔 너무도 빈약한 것이기 때문이었다.

우리 내외가 밭을 기를 쓰고 가꾸어도, 밭농

사로 5백 평을 벗지 못한다. 밭농사 5백 평이면, 채마와 마늘, 고추, 호박 따위의 울안 농사에 불과한 것이다.

채마 등속의 울안 농사 외에, 보리니 콩이니 고구마니 하는 것은 순전히 농군을 사 대어야만 한다.

7, 8명의 한 가족이 소작농으로서 일년 계량의 벼를 확보하자면 적어도 3천 평의 논을 소작하여야 한다.

이 3천 평의 논농사와 보리며 콩 같은 밭농사를 하자면, 줄잡아 연인원延人員 2백 명의 농군을 사 대어야 한다.

바로 최근 시세로 나의 고향에서 농군 1명에 대하여 점심 저녁 두 때와 술 한 차례 먹이고, 무사히 하루 6, 70원이다.

먹이는 것과 품삯을 치면 2백 명 삯꾼을 대는 데 2만5천 원이 든다.

그 2만5천 원이 있어야 나는 시골로 가서 농

사를 하고 사는 것이다. 옛날 돈으로 2백5십 원이라고 하지만, 나에게는 2만5천 원이 결코 쉬운 돈이 아니다.

그러나마 금년에 2만5천 원의 농자를 들여놓으면 언제까지고 그것이 밑천으로 살아 있느냐 하면, 아니다. 명년 가서는 또다시 그만한 농자를 들여야 하는 것이다.

농사란 결국 제 가족이 먹을 것을 제 손발로 농사할 수 있는 사람―농민만이 하기로만 마련인 것이었다.

따스한 햇빛이 드리운 마루에서 다섯 살배기 세 살배기의 두 어린것이 재깔거리면서 무심히 놀고 있다.

오래도록 어린것들에 가 눈이 멎었던 아내는 한숨을 내쉬면서 말한다.

"정히 서울이 싫구 하시다면, 가 살다 못 살 값이라두 가기가 어려우리까만, 저 어린것들이 가엾잖아요? 젤에 교육을 어떡허겠어요? 내명년이면 우선 하날 소학골 보내야 하는데 학교꺼지 십 리 아녜요? 일곱 살배기가 매일 십 리 왕복이 무리두 무리지만, 그렇게라두 해서 소학골 마쳐 준다구. 중학 이상은 가량이 없잖아요. 무슨 수에 학잘 대서, 서울루던 공불 보내게 되진 못할 것이구……."

"……."

"시굴서 길러 소학교나 마쳐주구 만다면 천생 농민인데, 농민이 구태라 나쁠 리야 없지만, 그래두 천품을 보아 예술 방면으루던 과학 방면으루던 재조가 있는 게 있다면, 그 방면으로 발전을 시켜주는 것이 어미아비 도리가 아녜요?"

"……."

"여보?"

"……."

"우린 다 죽은 심 칩시다."

"……."

"죽은 심 치면 못 참을 건 있으며 못 견델 건

있어요?"

"……."

"당신, 죄지셨잖아요? 그 죄, 지신 채 그대루, 저생 가시구퍼요?"

아내가 나를 죄인이라 부르기는 처음이었다. 그는 울면서 그 말을 하였다.

나를 죄인이 아니라 여기려고 아니하는 이 낡아빠진 아내가, 나는 존경스럽고 고마웠다.

"당신야 존재가 미미하니깐 이댐에 민족의 심판을 받지두 못하실는진 몰라두, 가사 받아서 벌을 당한다구 하더래두, 형벌이 죌 속량해주는 건 아니잖아요?"

"……."

"이를 악물구, 다른 것 다 돌아볼랴 말구서 저것들 남매 잘 길러 잘 교육시키구, 잘 지도하구 해서 바른 사람 노릇 하두룩, 남의 앞에 떳떳한 사람 노릇 하두룩 해줍시다. 아버지루서 자식한테 대한 애정으루나, 죄인으루서 민족의 다음 세

대에 다 속죌 하는 정성으루나."

"……."

"어미 애비의 허물루, 그 어린 자식한테까지 미처가서야 어린것들을 위해 너무두 슬픈 일이 아녜요?"

"……."

"원고 쓰실랴 마세요. 차라리 영리회사 같은데 취직이래두 하세요. 것두 싫으시거든 얼마 동안 집 안에 들앉어 기세요. 내가 박물 보퉁이래두 이구 나서리다."

"……."

"……."

"그런 것 저런 것을 모르는 배 아니오마는, 하두 인생이 구차스러 못하겠구려. 구차스럽구, 울분이 도무지 어따 대구 풀 길이 없는 울분이 가슴속에 가 뭉처가지구 무시루 치달아오르구."

막 이러고 있을 즈음에 조카아이가 퍼뜩 당도하였다. ××서 중학 상급 학년에 다니는 넷째

형의 아들이었다. 조카라지만 정이 자별하여 친자식이나 다름없는 조카였다.

일요일도 아닌데 올라온 연유를 물었더니, 주저하다가 대답이었다.

"아이들이 동맹휴학을 했대요. 전 그래 거기 들기두 싫구 해서 일 해결될 때꺼정 여기서 공부나 할 영으루……."

"동맹휴학은 어째?"

"선생 배척이래요."

"선생이 어쨌길래?"

"선생 하나가 새루 왔는데, 일정시대 서울 어떤 학교에 있을 적버틈 유명한 친일패였드래요."

"어떻게?"

"창씨 아니한 학생 낙제시키기. 사알살 뒤밟다 조선말 하는 거 붙잡아다 두들겨주기. 저이 학교루 와서두 연성 일본말루다 지껄이구, 머 여간만 건방진 거 아녜요."

"그 선생이 적실히 친일파요, 그런 나쁜 짓을

했다는 건 어떻게 알았어?"

"그 학교 댕기던 아이가 몇이 전학을 해왔어요."

"그 애들 말만 듣구?"

"그 애들 말 듣구서 다시 조살 했대나 바요."

"그러면…… 너두 인전 나이 이십이요 중학 졸업반이니, 그런 시비곡직은 혼사서 판단할 힘이 있어야 할 거야. 없다면 천치구."

"……"

"그래, 그런 선생을 배척하는 학생 편이 옳으냐? 잘못이냐?"

"학생이 옳아요."

"옳은 줄 알면서 어째 넌 빠지구 아니 들어?"

"……"

"응?"

"낼모레가 졸업인데, 공불 해야 상급학교 입학시험을 치죠. 조행에두 관계가 될걸요."

"이놈아!"

아이 저는 물론이요, 옆에 앉았던 아내까지도 질겁해 놀라도록 나의 목청은 높았다. 가슴에 뭉친 그 울분의 애꿎은 폭발이었으리라.

"동무들이 동맹휴학이란 비상수단까지 써가면서, 옳은 것을 주장하는데, 넌 그것이 번연히 옳은 줄 알면서두 빠져? 공부 좀 밑진다구? 조행에 관계된다구?"

"……."

"저 한 사람 조그마한 이익이나 구차한 안전을 얻자구, 옳은 일 못 하는 거 그거 사람 아냐. 너 명색이 상급생이지?"

"네."

"반장이지?"

"네."

"아이들이 널 어려워하구, 네가 하는 말을 믿구 잘 듣구 그랬드라면서?"

"네."

"그래, 더구나 그런 놈이, 네가 나서서 주동을

해야 옳지, 뒤루 실며시 빠저? 넌 그러니깐 반역 행월 한 놈야. 그따위루 못날 테거든 진작 죽어 이놈아."

"……."

"옳은 일을 위해 나서서 싸우는 대신, 편안하구 무사하자구 옳지 못한 길루 가는 놈은, 공부아냐 뱃속에 육졸 배포했어두 아무짝에두 못쓰는 법야."

"……."

"학문은 영웅지여사學問英雄之餘事란 말이 있어. 사람이 잘나야 하구, 학문은 그 댐이니라. 인격이 제일이요, 지식은 둘째니라 이 뜻야. 공부보다두 위선 사람이 돼야 해. 옳은 일을 하기 위해선 불 가운데라두 뛰어 들어갈 용기. 옳지 못한 길에는 칼을 거누면서 핍박을 하더래두 굽히지 않는 절개. 단체를 위한 일이면 개인을 돌아보지 않는 의협, 그런 것이 인격야. 그러구서야 학문도 필요한 법야. 알았어, 이놈아."

"네."

"당장 가. 가서 겉이 해. 퇴학 맞아두 좋다, 금년에 상급학교 들지 못해두 상관없어."

"네."

"비단 동맹휴학뿐 아니라, 어델 가 무슨 일에 던지 용렬히 굴진 마라. 알았어?"

"네."

기회가 다른 기회요, 단순히 훈계를 하기 위한 훈계였다면 형식과 방법이 매양 이렇지도 않았을 것이었다.

내가 생각을 하여도 중뿔난 것이었고, 빤히 속을 아는 아내를 보기가 쑥스럽다.

그러나, 그러면서도 한편으로 무엇인지 모를, 속 후련하고 겸하여 안심되는 것 같은 것이 문득 느껴지고 있음을, 나는 스스로 거역할 수가 없었다.